SOLEDAD GALÁN

EL *DIABLO* EN EL CUERPO

Grijalbo

Primera edición: octubre, 2015

© 2015, Soledad Galán González
© 2015, Penguin Random House Grupo Editorial, S. A. U.
Travessera de Gràcia, 47-49. 08021 Barcelona

Printed in Spain – Impreso en España

ISBN: 978-84-253-5330-7
Depósito legal: B-18.793-2015

Compuesto en Revertext, S. L.

Impreso en Romanyà Valls, S. A.
Capellades (Barcelona)

GR 5 3 3 0 7

Penguin
Random House
Grupo Editorial

A José Luis,
para que nunca nos abandone
el diablo del cuerpo

Índice

PREFACIO   13

PARTE PRIMERA:
Cuando doña Isabel era la reina   21

Palacio de Oriente   23
La Granja   87
Aranjuez   151

PARTE SEGUNDA:
Cuando la reina fue sólo doña Isabel   199

Ostende   201
Palacio de Castilla   225

EPÍLOGO   263

AGRADECIMIENTOS   269

El mito es una mentira que dice la verdad.

C. Lévi-Strauss

Toma tu vida en tus propias manos y ¿qué sucede? Algo terrible: no hay a quien echarle la culpa.

Erica Jong

Prefacio

Para ver cierro los ojos.

PAUL GAUGUIN

Podría haberme matado con una cocción de fósforo. Pero yo no era hembra dada al suicidio. Era una hembra que se daba. A todo y a todos. Así que me di. Entre otros a François Raveneau, un francés de La Sagon, en el Hôtel Regina de París.

—Hay que usarte pronto —le dije—: te pones rancio con facilidad, como la pomada de cohombros.

Y fue decirlo y entrarme los sofocos, que intenté atajar con una jícara de chocolate nuez adentro. Ajumada porque François, mi jinete, no había encabalgado como se esperaba de él.

—Vives en la avenue Kléber, no en la plaza de Oriente —respondió.

Bajo sus pies mis ropas menores, a modo de alfombra.

Entonces le dije:

—Llevo a mis Madriles puestos.

Unos Madriles a los que había llevado la Restauración para hacer lo que me saliera de los riñones.

Madrid.

España.

Más míos que de nadie.

—Lo que el país necesita es otro reinado, y otra época distinta —me había dicho Cánovas unas fechas atrás.

Qué retranca para endiñarme que estaba doña Isabel II

muy bien donde estaba. A doscientas ochenta leguas de la corte.

Don Antonio Cánovas del Castillo.

Lo puse al mando del partido alfonsino. Él, a mí, al mando de mi casa de la avenida Kléber, casi esquina a Dumont d'Urville. Desde el punto y hora en que le confié mis asuntos particulares, él los transformó en un asunto de Estado.

—La corona soy yo —le contesté.

Aunque estaba cierta de que ya no era una corona ni cosa que lo valiese.

Si mal no recuerdo, fue ahí cuando me deshice a tirones de puños y brazaletes, para que no me embarazaran la circulación de la sangre. De esta guisa me encontraría el que fuera mi esposo, don Francisco de Asís de Borbón y Borbón-Dos Sicilias.

Paquito.

—Nos hemos quedado en nada —me dijo.

—Habla por ti.

Se lo dije en tanto que me dejaba extendido, sobre el rostro, un pedazo de batista untado en leche de almendras.

Abajé los párpados. Luego le pregunté:

—¿Crees que me falta mucho para cerrar el ojo?

—Ay, Isabelita, ¡cómo me hubiera gustado decirte que no hace veinticinco años!

No estiras la pata por pensar en la muerte. La estiras cuando, la mañana del 9 de abril de 1904, no puedes levantarte del butacón de tu recámara porque te has quedado tiesa.

A nadie le gusta morirse. Y no digamos a doña Isabel II de España. Si algo he amado en esta vida ha sido la vida misma. La vida que tuve, y a quien fui en ella. He amado también mis palacios, es cierto; mucho más que a mis hijos. Será por estas y por otras culpas por las que me han traído al purgatorio. A que me emperejile las penas, a fin de hallarme limpia de mancha ante San Pedro.

Pues pecados, lo que se dice pecados, que yo sepa sólo tengo uno: el de la carne.

—¿Tendrá arreglo lo mío?

Quiero preguntárselo a mi hijo Alfonso, porque él también corrió lo suyo. Así se lo hice saber al marqués de Molins antes de la boda del rey: que no sabía por qué a mí se me exigía continencia cuando el novio tenía éstas y las otras. Y, no obstante, vivía en mi palacio Real. Era el rey. Yo, en cambio, en París, en la avenida Kléber, en una casona a la que se dio en llamar palacio de Castilla por llamarlo algo.

De sobra sé lo que me dirían Alfonsito y Cánovas:

—¿Acaso fueron creados igual la hembra y el varón?

Y yo, que por menos que eso las he armado y bien gordas, como me tienten les suelto que no, que no, *amos*, anda, que las hembras se encaman en los reales sitios y los varones en pisitos de la cuesta de Santo Domingo o en palacetes como el sito entre las calles de Alcalá y Jorge Juan.

Hombres.

Me han hecho pasar las de Caín, con haberlos amado tanto.

PARTE PRIMERA

Cuando doña Isabel era la reina

Palacio de Oriente

Más vale casa de paja donde se ríe que palacio donde se llora.

Proverbio chino

1

Para hablar de mis amantes, comenzaré por quien nunca pudo serlo. Paco. A leguas se veía venir: Paquito no podía. Paquito no iba a poder.

A las pocas semanas del casorio todos decían que la reina se había vuelto majareta. Que no parecía la misma. Como Paco odiaba los limones, yo los devoraba en un decir Jesús. Sus cáscaras yacían por todas partes, boñigas de una misma mosca cojonera. Podías resbalar y despanzurrarte con ellas en cualquier lugar de palacio. Estaban incluso bajo las almohadas, los divanes, las faldas de las cortinas… Había restos de limón en los espejos, los marcos de las puertas, las empuñaduras de los armarios, las esquinas, los pasillos.

Olía a limón desde las cocinas hasta el lecho de la reina. Cada hueco, la más diminuta cavidad estaba pringada de su jugo, como si los cimientos del palacio de Oriente hubieran sido injertados de *citrus limonum*, variedad: goce imposible.

Sí, comía limones. Eso es lo que hacía. Comer limones e ir en mi coche a todo correr por la vía pública, gritándoles a los madrileños que se arremolinaban en la Puerta del Sol para verme de cerca:

—¡Apartaos, que os llevo por delante!

Las gentes reían con las ocurrencias de la reina; mis caballos resoplaban con el sudor resbalándoles por la cola, y yo también reía, a carcajada limpia. Reía con el pueblo, confor-me con que doña Isabel II de España hubiera perdido la mollera, y, riendo aún más fuerte, más seguido, hostigaba a las cabalgaduras por las calles y las avenidas.

—¡Que se mata! —escuchaba a veces tras de mí.

Antes de que sólo escuchara el subir y bajar del escote sobre el empedrado, pum pam, pum pam, los pechos fuera del corsé, el relincho de los caballos, el paisanaje muerto de la risa.

—¡Que se mata, que se maaata, que se maaataaaaaa…!

Todos decían que la reina se había vuelto loca. Que no era la misma.

No era la misma, qué iba a serlo. Ahora era una mujer casada, aunque no hubiera hijos. Los hijos precisan un padre que los engendre. Un hombre. No había un hombre junto a la reina. Lo que había era alguien que quería ser rey y que no podía serlo, *amos*, encabalgar como un rey.

Paquita no podía.

Paquita no iba a poder.

A las dos semanas de convivencia, lloriqueando porque lo hubiera alejado de mis habitaciones privadas, se marchó a El Pardo.

—Quiero ser el amo de mi casa, ¿comprendes? —me dijo.

La pretina del pantalón abierta, como siempre, por si se meaba.

Qué había que comprender. Él quería ser el amo de MI casa sin poner nada de su parte. Los hijos no vienen solos, uno tiene que ayudar. Yo ayudaba. Pero no tenía con quién.

—¿A qué esposo le es negada la administración de su casa? Lo único que se le permite al rey es exigir que en palacio se recorten barbas, patillas y bigotes.

—Es mi casa, Paco, no la tuya. Y en ella también se me niegan muchas cosas.

Ahí sí, ahí le mandé abrazos y besos.

Se revolvió como un gamo, de esos que yo remataba en cacerías; gamos adormilados que no veían venir el tiro, que no se lo esperaban.

Pum.

—El rey no tiene por qué soportar ciertas impertinencias, desprecios...

—La reina tampoco y mira cómo le va —le dije. El corsé tieso, enfilado hacia él, pidiendo guerra—. Estoy como el regalo de bodas de los artesanos catalanes; soy un dormitorio completo de valiosa marquetería que nadie va a usar.

Recalqué el «nadie» y el «usar», por si las moscas. A veces Paco era un gamo que se quedaba en la espesura, lamiéndose el pelo, sin entender una chica.

—Si la reina se mete en un cenagal...

—No caerá esa breva... —lo corté. Mi cuerpo junto al suyo, retándolo con los pezones—. Uuuuuuuuuhhh.

Abierta, mi boca en su boca, con la barbilla hacia delante, mi nariz aleteaba.

Qué susto se llevó el boquihendido. Se echó para atrás como si fuera a merendármelo allí mismo. Al poco se oyó una buena flatulencia, pfffuuu. Ay, Señor Jesús, un hombre que no es hombre oye un «uuuhhh» y se le van las pocas fuerzas que tiene por los agujeros del cuerpo.

Solté una carcajada con todo lo que era yo, con mis manos, con mi vientre, con mis nalgas.

—Pobre Paco —le dije—. No sabe bailar con una hembra.

Lo vi moverse incómodo. Sudando, apretó las ingles con la rodilla derecha por delante como un bailarín cursi. Con sus bracitos abiertos parecía que iba a echar a volar. Igualito que un querubín contrariado.

—Pobre Paco, que prefiere bailar con el más feo.

Enrojecido, se dio la vuelta despacito, despacito, luego comenzó a alejarse con un andar de pollo capado de corral, con las rodillas juntas. Entre ellas no cabría ni un alfiler.

—Corre, Paquito, que te desvirgan…

Ya no pudo responderme; en ese momento, distendió las corvas y salió pitando a hacer un pis. Probablemente se mearía antes de llegar al retrete.

—¡Pa-qui-to, que-ji-cas!

Se lo grité cuando ya iba pasillo adelante, fuera de la estancia. Mis manos de perfil, a ambos lados de la boca, haciendo de eco.

—¡Paquiiito, quejiiicas! ¡Con sus puntiiillas, mea en cucliiillas, como una señooora!

2

Con su minga muerta, se fue a El Pardo. Tenía miedo de que un día me diera por echarme encima de él para buscarle las vueltas.

A Paco le gustaba El Pardo porque era como él: frío, feo, esmirriado; olía a orines a leguas. Mi hijo murió con aquella humedad, en aquellas estrecheces, con aquel hedor que se te metía adentro de los ojos para que no dejaran de escocerte. Con lo jaranero que era él, se moriría de pena entre las imágenes de Felipe III, de Felipe IV. Pero María Cristina no consintió en abrirle una ventana. ¡Seca como los Habsburgo, la gachí!

Felipe III. Felipe IV. Unos maricas los dos. Por eso Paco estaba allí en su salsa.

Yo, en cambio, no podía ver El Pardo. De todos mis palacios, era el único que me daba cagalera. Si pasaban varios días sin que pudiera ir al retrete, decía que me prepararan el carruaje. Con todo listo, por lo general con un pie ya en el estribo, me daba por imaginarme el tejado negro de pizarra, el fachadón como de hielo sucio y las puertas estrechas por las que tenía que tomar impulso para colarme de una habitación a otra, y me venían unas ganas de hacer de vientre que me moría.

Paquito quejicas se fue, sí, pero mandó que viniera sor Patrocinio, su valedora junto con mi señora madre para que lo aceptara como esposo. ¡En qué hora, Señor Jesús, en qué hora!

La santa zalamera se acercó a hablarme, con el llanto del cocodrilo.

—Sólo me mueve el bien de España, el de vuestra majestad —me decía una vez y otra.

Era liviana como una gacela.

El hábito le quedaba tan largo que parecía que flotaba, elevada de la tierra pecaminosa por la Gracia de la Reina de los Cielos. Aunque a veces quien la elevaba del suelo era el Maligno, que la transportaba por los aires luego de golpearla. Por mi bien, me recordaba ella cuando tenía oportunidad; «por el bien de España y de la reina.»

—Es preciso que trate con vuestra majestad un asunto que me inquieta —dijo, extasiados los ojos.

Las llagas de las palmas de sus manos dentro de unos mitones, ocultas a la soberbia y a los ojos lascivos del pecado.

Me reí como una loca. Ese mediodía, al levantarme, había decidido que me dijeran lo que me dijesen iba a responder canturreando. El primero en sufrirlo fue el prende-lumbres de Donoso.

—Muy alegre veo a vuestra majestad —me dijo.

Yo, camino de oír misa.

—Esta noooche caerááááá el ministeeeeeerioo —le contesté.

—No es el ministerio el que cae, señora; es la monarquía la que se hunde.

—No me impooooortaaa. No me impooooooortaaaaaaaaa.

A las cuatro de la tarde, mis damas me rehuían:

—No te pongas delante, que te canta —se decían entre cuchicheos.

Lo más fino que he tenido siempre es el oído; las miraba,

haciendo amago de acercarme, tarareando: «humjujummmmm».
Y, después de una rápida reverencia, salían corriendo.

Cómo disfruté ese día y los que lo siguieron.

—Señora, ¿se da cuenta de la gravedad de la situación? —dijo la santa.

Las manos se movían dentro de los mitones como si estuviera a un tris de sacarlas para zarandearme.

La tenté aún más, susurrando:

—Lalalaaaaaa.

—El rey fuera de palacio —prosiguió—. La reina en boca de todos, paseando sola por Madrid, arreando temerariamente a los caballos… Y… y esa manía con los limones…

—¿Y quééééé? La reiiiiiiina puede haceeeeeer lo que le plaaaaaaaaazcaaa.

Tenía la garganta seca de tanto cante, pero no pensaba dar mi brazo a torcer.

—Majestad, no es momento para chanzas; está en juego la estabilidad de la corona.

—La coroooonaaa, la coronaaaaaa, era sólo de prestaaaaaa-dooooOOOOOO.

El final de mi aria hizo que el vidrio de una copa de agua crujiera en mi mano diestra, alzada a las alturas a modo de brindis. Clavados en su cuerpo, los mitones se agitaron como si a sor Patrocinio le hubiera dado un retortijón de tripa.

—A ver si te cagas, a ver si te cagas, a ver si te cagas —le deseé por lo bajinis.

—No parece ver vuestra majestad lo que se juega. La unión de los esposos… es sagrada. —Dejó que estas dos últimas palabras se volcaran sobre mi cuerpo como estigmas.

La Iglesia acudiría en auxilio del rey.

No lo dijo, no hacía falta; la santa sabía que yo sabía, iba de loca pero no lo estaba.

—La reina no está casada —dije, sin modular la voz.

Ella dio tres pasos hacia mí hasta que se quedó a un palmo, aún de pie las dos, como si lo que hablábamos no pudiera ser discutido en un asiento.

—No dije: «sí». En la ceremonia, no lo dije.

Me acerqué a los labios la copa de agua e hice unas gárgaras. Gggggggggrrrrrrrr. Largas. Profundas.

—Quiera o no, vuestra majestad está casada y bien casada.

Ya no había ternura, humildad en su voz. Había dominio, reto. Yo quería que sacara las manos de una vez, quería verle las llagas de la Pasión, la fuerza del amor de Jesús.

La tenté de nuevo, hostigando su sangre con la misma intensidad con que la azotaba el Enemigo: volvió el *bel canto* a palacio.

—Sóóóóóólo al finaaaaaal lo diiiijeee porque meee peeellizcaaaaaarooooooooon.

Apretó los mitones contra la boca del estómago; las comisuras de sus labios eran dos arrugas enormes que parecían engullirme. Los hombros tensos, hacia atrás, en señal de ataque. Ya no era una gacela, era un tigre que volvería a por su presa, una fiera que no perdona.

—Quizá sea más conveniente que me retire hasta que vuestra majestad se avenga a razones. Tómelo en cuenta, señora: lo mejor para todos es que el rey esté con la reina.

—Que no, que noooooooooo, que se vaaayaaaaaaa, que no vueeeeeeeeelvaaaaaa.

Creo recordar que sólo entonces tomé asiento. Un tanto encorvada, introduje la mano diestra bajo los flecos del diván con motivos orientales y lo palpé, medio limón. Lo planté delante de su mirada y después me lo llevé a la boca. Al exprimirlo con los dientes, su jugo me corrió a galope por el cuello, por las uñas.

La santa milagrera se fue.

Dentro de los mitones, a cobijo de aires impuros, se llevó

sus estigmas sangrantes. A mí me dejó exudando los míos. Echándolos de la piel y de la memoria, mientras contemplaba cómo la monja de las llagas flotaba de espaldas. Hermosa. Celestial. Parecía un cuadro de Murillo, aun cuando le faltara la luna amarilla bajo los pies.

Regresó a las pocas semanas. Traía una imagen de María Santísima del Olvido, Triunfo y Misericordias. La Virgen se le había aparecido con el objeto de pacificar España y, principalmente, el alma atormentada de la reina. En esa visión, la Virgen le había anunciado a sor Patrocinio que doña Isabel II de Borbón y Borbón podía estar tranquila: los hijos vendrían. Eso sí, no decía cuándo. Ni si nacerían vivos. O muertos. O la Reina de los Cielos y de la Tierra no conocía este punto, o dudaba.

Es lo que tienen las visiones: te dejan con más interrogantes de los que tenías.

Con todo, vinieran cuando viniesen, era bueno que la soberana rezase tres rosarios al día: uno por la mañana, otro por la tarde y un tercero por la noche. Antes de que, resguardadas en su sueño, las Legiones de Lucifer le endiñaran la fiebre de la locura. Así que, al objeto de cortarle el paso al Maligno, la reina debía dejar de cantar. La santa hizo hincapié en que los labios virginales de María Santísima habían sido muy claros sobre este menester.

Amos, anda, si la reina canturrea es que el diablo le pincha las traseras con una aguja de coser. Así pues, adiós a las respuestas melódicas al jefe del Gobierno, a la servidumbre; adiós a las arias en el Consejo de Ministros, en misa o en el teatro.

Frente a mí sor Patrocinio tomó aire de golpe, hinchándose toda ella, a la vez que sus brazos se dirigían hacia las alturas. Sus manos, vendadas; los ojos, vueltos hacia el espíritu. Al parecer la santa había entrado en trance.

Observando cómo abajaba los brazos, en extasiamientos, para dirigirlos hacia la imagen de María Santísima, me percaté de que la talla no había viajado sola. Con ella venía un *lignum crucis*, junto a un documento vaticano, una propuesta pontificia. El papa Pío IX pedía a la soberana de España, me pedía, que el regio asunto de la desavenencia marital se resolviera mediante un acuerdo entre las partes, con «una reconciliación» que abriría la puerta a la buena marcha de las conversaciones a propósito del futuro Concordato.

El Santo Padre sabía que Su Majestad era una persona muy de Dios y virtuosa, pero joven, sin experiencia ante los ardides del diablo para con un corazón atribulado. Por lo que, para evitar las tentaciones del Enemigo del Bien, «la luz salvífica del pueblo español» había de practicar «vida conyugal nocturna con su esposo, el rey».

En el perdón vaticano iba ya mi penitencia.

Ése es el porqué de que siguiera mi matrimonio: por razón de Estado, no por inclinación mutua. Entre nosotros no había posibilidad alguna de acuerdo: Paco quería la corona. Yo quería un hombre para gozar con él. ¿Y qué tenía? Una llaga abierta descerrajándome el vientre. Una llaga abierta, una erupción que me picaba desde los talones hasta la raíz del cabello.

Que una reina quiera encamarse y no tenga con quién, se mire por donde se mire, es un estigma extraordinario que no hay modo de ocultar.

3

La reina y el rey volvieron a compartir alcoba de nuevo. Doña Isabel II de España y don Francisco de Asís. Volvieron. Volvimos. A «practicar vida conyugal nocturna», como pedía el Santo Papa.

Qué sabía él de nuestro mutuo asco. De lo que se nos revolvía adentro de las carnes, al mirarnos. Era echarnos el ojo y la náusea se hacía presente entre nosotros, como una quinta mano que se pusiera en medio y complicara cualquier intento de rejuntarse. Nuestros bajos se repelían, a qué negarlo; a la menor oportunidad se tiraban a los morros la bilis que el otro les generaba. Nuestros bajos compartían cama, sin encame.

No le echo a Paco toda la culpa. Eso tampoco. También era yo, no lo niego. Era mi asco más grande, más poderoso que el suyo. A mí, cuando lo notaba cerca, me nacía una náusea desde el virgo. Una náusea justo allí, subiendo por el ombligo, con una arcada que, en medio de los pechos, se colaba hasta el gaznate.

Sin embargo yo sabía que necesitaba un hijo, un varón. La corona exigía un príncipe heredero. Llegada era pues la hora de la coyunda. Por eso el coño de la reina se acercó a la minga del rey, como si se tratara de estampar el sello monárquico sobre una disposición inapelable. Pero Paco se hacía de rogar cada madrugada. Una estaba indispuesto por fiebres, otra por jaqueca, una más por cansancio; ja, sería de conspirar contra mí porque de otra cosa… Otra, por tener la tripa suelta.

En una de ésas le dije:

—Paco, prepárate, que de hoy no pasa.

Se preparó. Tanto, que no había manera de sacarlo del retrete para meterlo en el lecho.

—Si quieres, empezamos —terminó por decirme, señalando con la cabeza el hilo de las sábanas; bordado, en su centro, una flor de lis.

Las manos flojas, en jarras, como si en vez de al amor fuera a encaminarse a una batalla en la que tuviera todas las de perder.

Las tenía. Todas. Las de perder.

—Empieza, empieza —lo urgí yo quitándome de golpe las ropas menores.

Paquito suspiró, fffffffffuuuuuuuuu, muy bajito, con los carrillos a medio gas.

Y empezó.

Empezó.

Empezó.

Pero no pasaba del empiece.

Así que le dije:

—¿A qué esperas, Paquito?

Convencida de que o no estaba dentro su virilidad o la había introducido muy poco. La había asomado apenas.

—Está —dijo él.

Parecía que anduviera haciendo fuerza con la nariz en vez de con su miembro. Con la barbilla y los mofletes empotingados de rojo verde de Atenas. Y el pico fruncido, tan chiquito que se antojaba el de un pájaro recién salido del huevo. Todo le viene grande.

—Cómo va a estar. CÓ-MO VA A ES-TAR.

Incorporé el tronco para comprobarlo de cerca; él, medio encima de mí, esquinado sobre la parte derecha de mi cuerpo. Pero debí de moverme tan bruscamente que lo suyo se vino abajo. Flojo, se salió por donde él decía que había entrado.

Paquito hizo otro fffuuu, más corto que el anterior, un fffuuu como de agotamiento, cuando aún no habíamos pasado del inicio. El amor era con él, así, agotador; una se cansaba antes de comenzar, sólo con verlo. Con ver cómo sufría por tener que estar allí. Haciéndomelo. Te entraban ganas de decirle: «Anda, déjalo. Total…».

Fff, resopló de nuevo. Esta vez no le salía ni la «u».

Lo aparté de delante tocándolo sólo con la punta de los dedos, en la pelusilla del pecho, y me senté, acomodando bien unas nalgas a las que no les había dado tiempo de calentarse con el escaso roce de las sábanas.

Sin movimiento, sin ritmo, no hay calentura. Hay un templar el cuerpo y para de contar.

Estaba claro:

Mucha soberana.

Mucha hija de su madre.

Mucho virgo.

Para él.

Desnuda por completo, sin el cobijo desangelado del colchón bajo mi espalda, se me puso la carne de gallina. Tenía las nalgas frías; toda yo, por arriba y por abajo, estaba fría.

Me incliné un poco más hacia delante, e iba a cruzar los brazos para resguardarme de las corrientes que se colaban por las cristaleras, cuando me fijé en que su verga se retraía aún más, se escondía dentro de sí misma como un caracol al que le cayeran tres gotas de agua. Sentí lástima —he de confesarlo—, no por Paco, sino por su minga asustadiza. Al poco me descubrí acariciándola con la yema de los dedos. Suaves. Lentos.

Yo, acariciándola. Luego acerqué mis labios y la besé. Era rugosa, aterciopelada. Siempre he envidiado la piel de Paco, la piel que debería tener una hembra. La que debería haber tenido yo. No un marido. No mi marido.

La besé.

Y con el beso fue endureciéndose, estirándose como si se desperezara la pobre, hasta que Paco dijo:

—Aaaaay.

Muy de cerca la tenía yo, tan cerca que tuve que abrir más los ojos para comprobar si lo que veía era lo que había allí realmente. Lo que veía era una verga cegata. Y eso era lo que había. No otra cosa. Una verga cegata. Era como tener un ojo donde no tiene que estar, estar está pero en otro sitio. Y es como si no estuviera porque donde está no sirve.

El orificio de su vergajo se encontraba hacia la mitad del mismo, en un lado, no al final como es lo suyo. Cuando meara, el chorro habría de caer sin que él pudiera controlarlo. A veces lo único que tiene un hombre en la vida es ese poder de dirigir su caño de orina a donde le plazca. Ésa es su única fuerza.

Paquito no tenía ni eso.

Paquito hacía pipí como una niña. Encabalgaba como una niña. Paquita era una niña. Con más lazos y puntillas que todas mis muñecas.

Lo miré a él, de hito en hito.

—Así que era por esto. Lo de mear sentado, digo.

Fue oírlo y a Paquito le entró el tembleque. Los pelos de su bigote parecían imantados. Locos de atar, cada uno apuntando a un sitio diferente. La que dejó de apuntar fue su minga. Desinfladita, se dejó caer, lacia, sobre su vello púbico. Escaso incluso ahí. Qué piel de bebé. Qué piel. Y qué envidia. Alargué el brazo izquierdo para acercármela. Él se la tapó con las manos, a modo de cuenco, hasta que estuviera lista para servirse. Tenía toda la planta de un Adán avergonzado de lo que le cuelga.

Pobre Paquito —ahora que caigo—, querer ser un hombre y no poder mear de pie.

—Mejor lo dejamos para otro día —dijo él entonces.

Apretando aún más las manos contra sus virilidades.

Con los ojos, a un lado y a otro, parecía buscar su camisón. Lo encontró. A cuatro pasos de la cama, que para él era como el maletín de un matasanos. Mi boca, un bisturí. Vi cómo se le engrandecía la mirada al descubrirlo; tras de sí, la puerta. La salida. El fin de la batalla. Que siguiera la guerra sin Paquito. Así era él: lo dejaba todo a medias. Hasta para intrigar había que empujarlo.

De un salto se apoderó de la tal prenda sin que me diera tiempo a decir ni mu.

—Mañana o pasado… Ahora ya… —dijo poniéndosela.

Un visto y no visto. Los ojos más bajos que los de un enano. Luego se dio la vuelta y desapareció de la habitación antes de que pudiera echarle el guante. A la parte trasera de su camisola de dormir se le había bajado la bastilla. De ella, los hilos colgaban como pingajos.

Que yo recuerde, contando esta y alguna que otra escaramuza más, tardamos un mes en mantener relaciones completas; completas o lo que fuera aquello que tuviéramos. Yo quería un hijo; así que durante treinta días perseguí al rey para convencerlo. Tuve que tirar de maña, de cabezonería, para que Paquito acabara. El rey allí. La reina allí. Haciéndolo. El rey allí, un dos, un dos, contando como un soldado que no tuviera todavía aprendido el paso. La reina allí, bajo él. Un dos, un dos, y vuelta a empezar. Cuatro veces más, a empezar: un dos, un dos.

Y ya está. Se detuvo. Se me fue de encima. Se ve que debía de haber terminado.

4

Desde mucho antes de la boda, se veía venir. Aunque fue quizá a dos días de la misma cuando se vio venir de verdad. Y mira que yo recé para que Paquito no fuera el que viniese. No obstante, mi señora madre también debió de andar en oratorios, la muy tunanta. Y con más ímpetu, o peor baba, en eso siempre me ha dado matarile.

La que fuera regente, reina gobernadora, nieta de cien reyes, doña María Cristina de Borbón, quería que las hijas de su primer matrimonio fueran piadosas, que crecieran en el temor del Señor. Dóciles. Maleables. Como «abejitas libando en un panal de rica miel», solía decir sor Patrocinio, la monja de las llagas.

—Mis abejitas.

Era para la infanta Luisa Fernanda, mi hermana, y para la joven reina para quienes la mamá quería el cielo, a través de la oración. Por eso había que enseñarlas a morir de culpa, a expiar los pecados a fin de alcanzar el Reino de Dios de la mano de la Virgen santísima, intermediadora de la Gracia ante su Divino Hijo, nuestro Señor.

Nunca vi que hiciera lo mismo con sus otros hijos. Para ellos quería otra cosa. Reinos de aquí y de ahora. Reinos donde ella pudiera gobernar.

El matrimonio de la joven reina —pensando en él, incluso

ahora que estoy muerta, me entran los picores— iba a celebrarse, Dios mediante, dos días después. Y Dios quiso. Medió.

—Es la voluntad del Salvador —fue lo que escuchó de boca de su señora madre.

Sor Patrocinio había asentido:

—Así sea.

Pero yo no quería que fuera. Yo rezaba:

—Que no sea, que no sea, que no sea.

Fue.

Dios, nuestro Padre Amantísimo, El que todo lo puede, quiso.

Esa tarde sor Patrocinio nos acompañaba a doña María Cristina, a la infanta Luisa Fernanda —a quien iban a rejuntar con Antonio de Orleans, duque de Montpensier— y a doña Isabel II al monasterio de las Descalzas. Antes del bodorrio, convenía visitar las fundaciones reales, sobre todo ésta, de clarisas franciscanas.

—Más levantiscas —había dicho la santa.

—Más puñeteras —le había respondido la ex regente—; todas ellas perdiendo las nalgas por el infante don Carlos.

Era menester, pues, que yo me ganara su aquiescencia para el enlace con mi primo, Francisco de Asís. Así que, con nuestros ojos acostumbrándose a la oscuridad de la capilla de la Virgen del Milagro, después de haber bordeado el claustro, su sol purificador, escuchábamos la voz de sor Patrocinio como si se tratara de la mismísima voz de la Virgen.

—La oración es la llave dorada con la que se abren las puertas del cielo.

Creo que fue más o menos en ese momento cuando me dio por discurrir qué tenían que ver las puertas celestiales con la docena de huevos y los doscientos mil reales que llevábamos para asegurar la felicidad de los novios. Una ofrenda.

Para quien fuera regente y para la monja de las llagas la felicidad conyugal iba a depender de unos cuartos bien empleados, con el fin de que la joven reina gustara a unas franciscanas de clausura.

—Que te quieran como reina estas basiliscas va a costarnos más que El Castillejo —había dicho mi mamá antes de soltar la bolsa con los dineros.

El Castillejo era la finca que su segundo marido, el señor duque de Riánsares, iba a adquirir en la comarca de Tarancón. Para ésa también apoquiné. Como apoquiné con las esposas de Cristo.

Con reales o sin ellos, yo estaba cierta de que mi casorio estaba condenado desde el origen: Paquita no podía. Francisco de Asís, Paco, Paquita, no iba a poder.

—Con ella se penetra en el corazón de Dios —sentenció la madre abadesa.

—Pues penetrar lo que se dice penetrar, no sé… —bisbiseé como si orara.

Creía yo que íbamos a hablar de mí, de si las benditas monjas se hacían lenguas ponderando mis muchas cualidades y finísima educación. Pero de lo que hablaban era de Dios, que es «como si nos refiriéramos a la persona de vuestra majestad», me había advertido antes la santa. ¡Cómo iba a ser lo mismo orar que hablar de la reina!

Me mareaba.

Cuanto más quería entender, menos entendía. Y eso que yo, la reina, se concentraba en entender. Quería entender.

—Reina de los Cielos y de la Tierra, toda Vos sois sublime y espaciosa para contener en vuestro sagrado y virginal tálamo al Dios inmenso —oraba la santa.

—Desde luego a Paquito estoy segura de poder contenerlo, todo entero, en la creencia de que ha de sobrarme —susurré, más allá que aquí.

—Yo me acojo desde ahora a vuestra maternal ternura —oraba la madre abadesa.

Las dos de rodillas. En el suelo.

La Virgen, arriba, en lo alto. Más lejos que todas las cosas.

—Madre mía, que yo desde ahora os prometo una constante fidelidad y aspirar a hacerme hija digna de vuestra filiación amorosa —oraba la santa.

—Mi alma alabe eternamente vuestras misericordias en presencia de la adorable y beatísima Trinidad y de toda la corte soberana —oraba la madre abadesa.

—Que os alabará por toda la eternidad en la gloria —oraba la santa.

Quería entender. Lo prometo. Lo intenté una vez y otra. Hasta el punto de retener mis pensamientos para concentrar toda mi atención en lo que decían. Ellas seguían sin tregua.

—Vuestra imagen sagrada de la Visitación la pondré sobre mi corazón a cada instante.

—Virgen santísima, favorecedme.

—Amén, Jesús —dijeron las dos a coro.

—Amén, Jesús —dijo la que fuera regente, reina gobernadora, mientras se sacudía el vestido poniéndose de pie.

Mi muy querida mamá. Amén, Jesús.

Quería entender. Pero no pude. A mí tantísima información de golpe me aturulla; me quita los moños.

Amén, Jesús.

Amén, Jesúúússsssssss. Y, plooofffffff, me desmayé.

Amén Jesús amén Jesús amén Jesús amén jesúsaménjesúsaménjesúsaménjesúsaménjesúsamén…

Lo siguiente que recuerdo es que mi señora madre está de pie, me mira, me reprende.

—Una reina ha de saber ser reina en todo momento.

Lo que quería decir la ex regente es que yo, ahí, despatarrada en una capilla del monasterio de las Descalzas, no había sabido ser reina.

—Quién diría ahora que lleva la majestad en la sangre —recalca.

Yo no sé lo que llevo, y encima, aunque lo busco con la mirada, no encuentro el botín derecho. Nada. Consigo ponerme a gatas. Ni así. Sor Patrocinio lo encuentra. Bajo el lienzo de la Virgen del Milagro, como si quisiera esconderse tras su seno desnudo; el pezón dentro de la boca del Niño Dios.

—Virgen Santísima, ¿cómo habrá llegado ahí?

La santa lo recoge. Pone sus ojos en la Dueña de los Cielos. Se santigua.

—Tome vuestra majestad —me dice.

Lo tomo. Mi majestad lo toma. Procuro ponérmelo ya casi erguida, medio reina. Alguien avisa:

—Que traigan las sales.

Creo que es la madre abadesa, pero no puedo asegurarlo. Entre el negro de la capilla y el negro de mis entendederas, veo poco.

El caso es que no distingo nada a ciencia cierta.

—Las sales —repite.

—Mejor algo de coñac —digo en un ahogo.

La reina lo dice. Mejor hubiera sido no decir nada. Mi muy querida mamá se enfada. Protesta.

—A la iglesia. Reza diez avemarías. Vamos, vete.

Y yo me voy; como puede, la reina se va.

Me fui. Y cómo me fui: a encontrar con Paco, sin haber podido preverlo. A la guardia de Artillería debió de olvidársele señalar el paso del rey con toque de corneta. Así que allí estaba, sin esperarlo. Cómo cabe esperar que una novia vaya a encontrarse, en una iglesia, con su futuro esposo, de verga enhiesta y saliva resbalándole por la nuez. Ante la imagen yacente de un crucificado.

Años después, creo que por 1862, el altar de Gaspar Becerra saldría ardiendo y el Cristo quedaría destruido. A mí se me hace que fue Paquito quien le metió fuego al cuerpo del Hijo de Dios hecho Hombre, porque no pudo vivir rezándole a quien había conseguido embelesar una parte de su anatomía de aquella manera.

El rey consorte debía de haber entrado por la puerta que da a la plaza, mientras nosotras andábamos bizmándole las costillas a María santísima. Se ve que las monjas de la portería también se hallaban despanzurradas en oratorios, por lo que no avisaron. Sea como fuere, Paco y yo no habíamos sabido de nuestras personas hasta ese momento. Y cuando supimos, supimos también sin temor a equivocarnos que un milagro era lo que íbamos a necesitar para ponerlo a él enhiesto y a mí receptiva. Las lanzas no iban con Paquito y a mí las recepciones me mataban. En suma, parecía que a los dos nos habían dado la puntilla con el casorio.

Procuré pasar desapercibida, reculé y reculé como pude hasta un lugar que juzgué seguro. Sin embargo, mi presencia, acostumbrada a llamar la atención, se valió de un banco mal dispuesto para salirse con la suya de un batacazo. Toda yo me descoñé viva, en el lado de la epístola, justamente a un paso de la estatua orante de la princesa Juana, que (no es por meter cizaña) parecía embobadita con la pintura de San Juan Bautista. Paquito debió de revolverse cari-espantado —él no me veía a mí y yo, los riñones en tierra, tampoco lo veía a él—. Ver no vería, pero me jugaría en prenda cualquiera de mis aderezos de diamantes a que me escuchó acordarme del banco bullanguero y de aquellas lugubredades más propias de los austrias.

Me escuchó —mi lengua me ha perdido tantas veces—, y, al escucharme, salió escopetado hacia la calle en busca de la primera esquina que encontrara. Del susto, debía de estar meándose vivo; te digo yo que se meaba.

Lo admito: viéndolo allí, tan solo y tan asustadizo, gozando con el torso desnudo de Cristo Redentor y sufriendo por el miriñaque que se le venía encima, había sentido lástima de él. Por eso —hay que ser hueca de mollera—, oré para que Paco babeara por mí de modo tal al menos una vez, por el bien de la corona. Si llego a saberlo, rezo para que le caigan chuzos de punta.

Con todo, jamás en nuestros años de matrimonio le mencioné este hecho. Nunca. Y mira que nos dijimos barbaridades peores con la malísima intención de castigarnos mutuamente. Como si se tratara de la oración única de un devocionario, guardé esa visión suya de placer carnal para mis adentros, saboreándola yo sola. A sabiendas de que no hablarle a Paquito sobre ella lo hería más profundamente que mi acostumbrada retranca sobre su hombría.

Pobre Paco, para él una corona era una corona. Aunque para obtenerla hubiera de sufrir el peor de los castigos: el caballaje de una hembra.

5

En aquellos tiempos tenían el poder los moderados. Me tenían. Ajustándome la cintura con más impiedad que una cuenta por saldar. ¿O eran los progresistas? No, no, eran moderados; vestían como moderados al menos. A no ser que vistieran de unos y sintieran de otros. Qué sé yo. Siempre me he hecho un lío con quién era de qué partido, y quién estaba o dejaba de estar. Si estaban cerca de mí, cerca, cerca, es que eran ellos. En cualquier caso, a todos los trataba de igual manera, por si acaso me cogían en un renuncio. Tanto diputado, tanto senador, arriba y abajo, tanto yo qué sé, acá y allá…

Un día le pregunté a Narváez, ante una nueva crisis ministerial:

—Pero ¿no podéis poneros nunca de acuerdo y gobernar todos a la vez?

Me miró como si yo le diera miedo, como si ver pensar a la reina le apelotonara las tripas.

—Si hubiese para repartir cien ministerios, señora —fue su respuesta.

—Pues que los haya; si así os arregláis, que los haya. Y no se hable más —le dije empujando con el codo un jarrón de cristal de La Granja.

Por el suelo se desperdigaron todos sus detalles, sus volutas.

Mientras Narváez parecía contar en cuántos pedazos se

había descompuesto —lo contaba todo, era un matemático reprimido—, me anunció no sé qué cosa de *El Correo Nacional* que atañía al trono; sería sobre mi felicidad doméstica, sobre la no felicidad. La mayor parte de las veces era eso, eso, siempre.

En otra ocasión me dio por confesarle, esta vez a Bravo Murillo, que había estado discurriendo sobre la posibilidad de que yo misma fuera jefa del ministerio, presidiéndolos a todos en los consejos. Más que nada porque, nombrara a quien nombrase, el designado se ganaba al momento más enemigos que Judas. Bravo se echó las manos a la cabeza y acto seguido me comentó si no había mirado aún *El tocador*; traía unas ilustraciones soberbias de esos sombrerones tan de moda en París, que harían las delicias de la reina. A mí, qué puedo decir, se me olvidó enseguida la política. Pedí, claro, que me trajeran corriendo la tal revista. Qué gloria de sombreros. Qué volúmenes, qué formas.

Ya antes lo había intentado con Istúriz, siendo éste presidente del Consejo de Ministros. Istúriz era un Barrabás de malas pulgas que se había batido en duelo con Mendizábal, aunque ninguno de los dos llegara a atinar. Una lástima. Uno, además de apuntar, tiene que saber dar en el blanco porque si no la pieza se te escapa viva. Escaparon los dos. Cagados de miedo, pero vivitos y coleando.

Se lo dije, lo de ser yo la jefa del ministerio, por Nochebuena; Paco llevaba dos meses de rey consorte, «con la minga floja y el culo al norte», se decía en alguna que otra coplilla. Y de seguro que le di la peor noche de su vida.

—Señora —dijo al oírlo—, la reina tiene otros deberes.

Como yo estaba como estaba, no me lo tomé a bien. Lo confieso. Así que agarré de una fuente de plata un limón lustroso, como si le hubieran sacado brillo a él al mismo tiempo que al metal, y lo partí en dos de un mandibulazo.

Su jugo empapó el corpiño violeta de mi vestido de organdí.

A Istúriz le saltó a la frente, como el tiro que debieron darle. Y que no le dieron.

—No querrá la reina volver a tiempos pasados…

—Mejor andaría, desde luego —le dije, sin quitarle ojo, con todo el resentimiento que me caía cintura abajo por su participación en mi compromiso matrimonial—. Los de ahora, para la reina, no son buenos tiempos.

Me faltó decirle: «Contigo en el gobierno y con Paquita en mi alcoba».

Estuve a un tris, pero, no, no se lo dije.

Istúriz sería también moderado, sí, eso debía de ser, porque los moderados eran torpes. Torpes y ariscones. Y estuvieron gobernando un buen tiempo; no alcanzo a recordar cuánto a ciencia cierta. Ellos eran quienes veían con más preocupación que la corona no tuviera un príncipe. Por eso andaban tristes como viudas al acercarse a mí, con cualquier pretexto. Qué pesadez, qué agobio, en esa postura, siguiéndome tan de cerca parecían olerme, oler si a doña Isabel II de España la había visitado la hemorragia de las hembras. Me visitaba, vaya si me visitaba. No dejaba de visitarme. Antes de que me diera tiempo a echarla en falta, zas, aparecía de pronto manchando el forro trasero de algún vestido. A veces incluso su fuerza traspasaba a algún cojín, la tela de un asiento. El sillón del trono, en una ocasión.

Una de esas tardes, al levantarme de la escribanía de mis aposentos luego de terminar unas cartas, vi cómo a Olózaga se le salían los ojos de las cuencas, sin pestañear, dirigidos hacia la silla que había soportado mi peso. Volví también yo la cabeza, intrigada, y entonces lo descubrí, un manchurrón rojizo, allí, como corrido, como si al estirar las piernas hubiera arrastrado las nalgas y dispersado sobre la tapicería unas gotas de sangre. Enseguida doblé el cuerpo y me traje hacia delante la falda; sí, estaba, una mancha mayor, intensa, de un rojo más vivo.

—Puñetas, otra silla que firmo.

Olózaga carraspeó.

—Sangro, Salustiano; a ver si creías que era una muñeca de porcelana.

—De esos asuntos es mejor llevar la cuenta —dijo él, como si yo fuera otra vez esa niña a la que él reprendía. Tuteaba.

Al regreso de su destierro de París, seguía llevándome casi una treintena de años. Él, cuarenta y uno. Yo, dieciséis. Seguía siendo progresista. Pero ya no era mi preceptor. Mi amigo.

—Si yo me lo propongo. Cuando pasa, digo: «La próxima vez —no quiera Dios—, en tal fecha». Lo que ocurre es que después, con tantas cosas como tengo, se me olvida.

Él, mientras tanto, introducía mis letras en un cartapacio de piel nueva, con mi busto en relieve, de perfil. Lentamente. Muy, muy, muy lentamente. Las manos seguían siendo dos portentosos baúles, qué viaje podría hacerse con ellos, en ellos, qué lejos podría irse Isabel si la dejaran.

No hubo jamás unos dedos más sabios que intrigaran mejor contra mí. De manera tal, queriendo quererme.

—Salustiano…

Él y yo juntos. Nuestras respiraciones, al compás.

Los lunares de mi escote saltaban y caían, arriba abajo, abajo arriba, el pecho siniestro más grande, más afuera.

—La reina es una mujer —dije acercándome hasta rozarlo.

—Lo es, de eso no hay duda.

De espaldas, de frente, viérase por donde se viera, era un hombretón bien plantado. Los pantalones, justos en el sitio que tenían que estarlo.

Por aquellos días creo que gobernaban los moderados. Istúriz, sí. No obstante, a mí se me iban los ojos a los progresistas. Los ojos. Las carnes.

Me iba yo, toda entera.

6

Con ésas, todas las urgencias de adentro de los hombres que no se le consienten a una hembra y menos a una soberana, me volví una mujer serpiente.

Por fortuna, como el pueblo de la Villa de Madrid, tan dado a festejos, no tenía conocimiento de tan extraordinario suceso, no hubo por doquier colgaduras y adornos, ni suelta de palomas, ni misas especiales, ni corridas en mi honor. Lo que hubo fue un cuerpo, el de la reina, que se cubrió de unos engruesamientos, de unas sequedades que convertían su exterior en algo muy semejante a la piel de una culebra. La única que se salvó de tales asperezas fue mi cara; en cambio la peor parte se la llevaron rodillas, manos y pies, cuyos extremos adquirieron una forma crustácea.

En el vientre, en los brazos y en las piernas, con especial virulencia en nalgas y muslos, se me formaron verdaderas escamas de pescado, anacaradas o verdosas, dependiendo de la luz que recibieran.

Era una mujer culebra de venosidades gelatinosas, pardas, agrisadas, con escamas duras y relucientes iguales a las de una carpa. Más de una vez me entraron ganas de llevarme a los fogones, ponerme a la lumbre y darme luego un bocado.

Aaauuum.

Cosa extraña: lo que me sucedía no me provocaba espanto; al contrario, deseaba comerme para ver a qué sabía la reina. De hecho, si pasaba la mano por la superficie afectada su tacto era como de piel de gallina, lo cual, aunque parezca un embuste, no me generaba repulsión sino interés por ir rascando y descamándome yo misma, igualito que si despellejara un pollo. Cómo explicar que la reina doña Isabel II de España no contemplara el rubicundo mal de su piel como una enfermedad propiamente dicha, sino como una celestial monstruosidad que le ofrecía la manera de desairar a su señora madre, al gandumbas del esposo de su señora madre, incluso al mismísimo Papa; a todos los que habían participado en mi entierro con Paco.

Yo, la difunta, puesto que no había más vida en mí que en las pezuñas del cochinillo de la cena, quería que todos ellos pagaran por la aberración de su pecado; deseaba saldar cuentas con María Santísima y con su Divino Hijo.

Antes lo había intentado con rezos, lo aseguro. Durante semanas me dediqué al rezo de avemarías sin tregua; como la mente se me fuera a las bultosidades de entrepierna de cualquier varón que respirara, antes de terminar una iniciaba otra de corrido. Viví mañanas de avemarías, tardes de avemarías, noches de avemarías. Hasta que de improviso una madrugada dejé de orar y me puse a comer: queso manchego, faisán al zumo de uvas, pavo con trufas, tarta de arándanos y dos botellas de vino tinto para hacer una buena digestión.

La hice.

Entre comer y rezar —ahora lo sé—, una debe elegir comer: los rezos no llenan el estómago y entre oraciones y penitencias se vuelve una tarumba.

Al despertarme, sobre las dos de la tarde, era como si mi cuerpo se hubiera dejado de disparates: mandé a mi señora madre a París, para que viviera allí como la reina que no sería; la reina, en Madrid, viviendo como una culebra.

—Que se vaya, que se vaya, Dios mío, cómo he de sufrir yo a esa mujer —le comuniqué a mi secretario.

Al enterarse de su partida, la ex regente se hizo anunciar.

—Mi muy querida Mamá —le dije yo—. El aire de Francia devolverá el brillo a tu mirada.

—No sabía que lo hubiera perdido —dijo.

Y yo sabía que lo que no había dicho era lo que quería decir.

En palacio iba a haber tiros: la reina gobernadora no iba a contentarse con adquirir dos enanos franceses y una pareja de titís, que comieran de su mano uvas pasas y almendras garrapiñadas. La reina gobernadora quería que yo fuera su tití, que siguiera comiendo de su mano, cambiarme la jaula y ponerme paja seca para que no deseara salir.

—Tu hija, que te quiere, ve quizá lo que no ven tus mismos ojos.

—Pichona mía, lo que no ven los tuyos es que de nada sirve lo que se te dice. Mi corazón y mi deber de madre no pueden dejar pasar en silencio que España esté patas arriba. Graves agitaciones se suceden. Se habla incluso de un atentado.

—Queee se pooongan a la cooola —dije, la boca llena de caramelos azucarados—, paaara asesinaarme ya tengo anotados a uuunoos cuantos.

Me metí los dedos en la boca para rebañar los restos adheridos a los dientes.

—Zzzzzp.

Con la lengua, intentaba desincrustar un trozo de caramelo pegado a las muelas bajas, las de la izquierda, las que desde niña me hacían más daño que si me odiaran.

—¿Acaso sabes algo que tu madre no sepa?

Mis ojos, mientras tanto, pasaban lista a las piedras de su gargantilla de rubíes.

Mi Mamá no se inmutó. Sabía que dirigir su mirada hacia el aderezo hubiera sido reconocer su procedencia, su dueña legítima. Siguió tan pancha, acostumbrada a salir airosa de envites y emboscadas, no en vano había sido regente, reina gobernadora.

—Yo hablo de los gritos de la calle. Es el pueblo el que puede volver a berrear: «Que mueran las reinas» —dijo.

—Del pueblo no tengo que cuidarme, madre. Es de los míos —dije yo, con el verde melón de mis pupilas puesto en los goznes de la puerta, cerrada a cal y canto—. Son los que no gritan, pero van delante cuchicheando: «ahora, ahora toca gritar más», los que están en mi lista.

A mi señora madre le tembló la cintura; lo noté porque también ella echó un vistazo a la puerta, un segundo apenas, un segundo sólo. Por si las moscas. La muy lianta pensó en lo que podía venírsele.

—Paco me mataría sin dudarlo —seguí yo, como si tal cosa—, no él, claro, otro en su nombre. El uno. Mi suegro, el infante don Francisco de Paula, que tengo por seguro que pertenece a una sociedad secreta cuyo fin es acabar con la reina, tiene el número dos; el tres dice él por lo bajinis, según me cuentan. Me pregunto quién tendrá entonces el dos.

Me llevé las manos a la boca para hacerle eco a un bostezo de esos sonoros que reclaman pronta una siesta.

—Tanto tejemaneje me da un sueño…

Ella despegó los labios como si fuera a decir algo, probablemente lo de costumbre: «pichona mía», «mona mía», pero se quedó con ellos separados sin soltar prenda.

Cuando se daba la vuelta para abandonar el palacio, España y a la reina escuché su voz:

—Cría cuervos —dijo.

Yo, a sus espaldas, comencé a recitar con parsimonia algunas de las recomendaciones de sus cartas de antaño:

—Ama a tu marido, respétalo, procura complacerlo. Sé moderada en los placeres. Ama a tu Madre, mira en Ella el apoyo, la consejera que Dios te ha puesto. Nunca hagas nada contra Ella, obedécela, ten confianza en Ella, escucha sus consejos. ¿Quién mejor que una Madre sabe lo que más conviene a sus hijos?

Y la que fuera reina gobernadora, reina madre, no se dignó volverse. Con los mismos dedos con que me pellizcó en su día para que le dijera a Paquito que sí, se recogió el vestido para irse a intrigar contra su hija mayor a doscientas ochenta leguas de la corte.

A través de mis informantes, llegó a mí noticia de que, de resultas de ello, el tirabeque de Juanillo Donoso había afirmado con rechifla:

—Buen torito tenemos en la plaza.

No era rechifla. Era el temblor de las perneras. No sabía Donoso hasta qué punto se había abierto la puerta de chiqueros. Había salido un toro, había salido un toro de los grandes. Tenía que serlo para sacar de quicio al intendente de palacio, Pedrito Egaña, un monárquico mariacristino, y a Istúriz, presidente del Consejo de Ministros, que acabó por dimitir.

Cuando el toro lo hubo hecho, cuando la reina lo hubo hecho, cagué blando tres noches con sus días.

7

Cada vez que iba al retrete me sorprendían unas asperezas nuevas, unas rugosidades en el cuerpo antes desconocidas. Hasta ese momento el vicio local de mi piel había permanecido por lo común inofensivo y gazmoño, con fases como en las horas aledañas a mi casorio donde los picores fueron la propia locura. Mi mal había sido, por así decirlo, un herpes furfuráceo melindres. Pasado el tiempo, sin hombre, sin coyunda, se tradujo en un fenómeno anormal cuyas exfoliaciones farinosas se caían al menor sacudimiento.

Todo lo que nadie tocaba de mí tenía que caérseme, parecía decirme el Altísimo, al amparo de la Reina de los Cielos y de la Tierra. A todas luces era éste su modo de solicitar mi perdón o de expiar su culpa por lo que habían hecho de mí: una virgen corriente y moliente.

Como yo no era una monja de vuelos, ni tenía visiones, me las apañaba para traducir los deseos divinos partiendo de aquello que me mandaban: esa especie de *mucus* animal, según fue diagnosticado, que el boticario mayor de palacio había sometido a ácidos y álcalis. Con el experimento se vio que, al parecer, no le afectaban ni el alcohol caliente ni el frío, y que sólo encontraba ablandamiento con el agua tibia.

Recomendaba, pues, que la reina se pusiera en remojo.

Y es que mis médicos andaban ojipláticos, ninguno se explicaba cuál podía haber sido esa emoción tan grande, esa «impresión moral viva» tan intensa que desencadenara tan furibundo brote del mal de mi piel.

—¿Miedo? —le escuché decir una vez al doctor Arrute—. La reina en medio, una niña, unos y otros queriendo tirar de ella.

—No, no —fue la respuesta de otro de mis médicos.

El que había comprobado en persona cómo trabajaba un francés, un tal Cazenave, estudioso de la *ichtyose*.

—¿Qué, entonces?

—Cólera: en el hospital de Saint Louis observé que la *ichtyose anacarada* que cursa en *serpentina* tiene en algunas mujeres su origen en la cólera.

—Ser el Arca Santa de la Alianza para España no es encomienda para la condición débil de una mujer —dijo Arrute.

—Ninguna ley humana puede cambiar que una mujer sea una mujer. Reinar puede reinar pero, por su sexo, ¿puede gobernar?

Y yo estuve a punto de entrar y de soltarle cuatro frescas. Con mi bendito genio he tenido por costumbre sacar mi lengua a paseo por menos que canta un gallo. De armarla. Por menos, de armarla bien gorda.

Me contuve. Dios sabe bien por qué me contuve: porque necesitaba saber.

Mi señora madre acostumbraba advertirme:

—Isabel, estás aburriendo al médico.

Yo los aburría a preguntas, ellos me aburrían a mí esperando respuesta. ¿Tendría cura lo mío? ¿Qué lo azuzaba? Silencio de cogotes genuflexos. Reverencia. Paso atrás. Reverencia. Reverencia. Y luego caminito y manta. *Amos*, que hacían conmigo un si te he visto no me acuerdo.

Contemplado ahora desde la distancia, comprendo que

pocas veces en mi vida, por no decir esta única vez, me ha angustiado con tanto pesar mi propio desconocimiento. Es más, con los años fui aprendiendo que no saber era mejor que saber o, mejor aún, para según qué cosas, saber pero hacer como que no sabes era mejor que parecer estar enterada al dedillo de tal o cual asunto. Sin embargo, en esos meses de mi decimosexto cumpleaños, yo, la mujer que era capaz de soltar cuatro frescas a quien fuera y de terminar una comida en tragedia, no podía evitar querer saber si la debilidad de espíritu era el azogue de mi mal. En vista de que, en conclusión, era virgen de cuerpo pero no de pensamiento.

Por soñar con posibles cabalgaduras, soñaba hasta con un petimetre, grande de España, al que apodé el Manual del Botillero una vez supe de su entrega en sahumar sus baños parciales y generales con agua de miel de benjuí. Para más inri era cojo de la pierna izquierda y bizqueaba.

Lo recuerdo en este instante y me espanto: cuánto hube de sufrir para ensoñarme con todo quisque, sin discriminar fortalezas y fisonomías. Una cosa está clara: en aquellos días la necesidad convirtió mi inocencia en virtud; si hubiera tenido que formar un ejército, no habría desechado a ningún hombre que poseyera lo que poseen los hombres.

A mi lado, cualquiera habría podido tener su lugar en la batalla.

Era pensar en los cañones enfilados de un posible contrincante y me entraban unos ardores en las partes bajas que me desgañitaba de fiebres.

—Dígame, general —le dije en una recena a Narváez, luego de unas cuatro botellas de borgoña—, ¿no le queda ningún enemigo al que sojuzgar…?

Estábamos sentados en el salón Blanco de Lhardy, alrededor de una mesa para unos seis comensales. Recuerdo que, intentando recomponer mi figura, que parecía estrangulárseme dentro del corsé, mi pierna diestra —dormida de calambres— había embestido la izquierda del general, que aguantó el embate con una dureza de tendones que me dejó patidifusa. Acalorada.

Fue la primera y única vez que no lo tuteé.

—España le debe tanto a usted…

—No tengo enemigos, majestad —me confesó él, acercándoseme hasta el canalón de mis pechos y dirigiéndose a ellos.

Los ojillos resaltaban bravuras, en tanto que un goterón de sudor de su barbilla moría sobre el chantillí de mi escote.

Acercó su mano diestra a mi oreja y, en vez de susurrarme, me ensartó medio grito:

—Los he fusilado a todos.

Al mediodía siguiente, con el vino tinto en el pis de antes del almuerzo, me acongojaba que me diera incluso por Narváez. En sueños, él me había dado lo que yo le demandaba y yo le había dado lo requerido por él; por una vez, y sin que sirviera de precedente, en una perfecta conjugación del verbo dar en la que ninguno de los dos cometió faltas de ortografía. Tales eran, sí, mis duermevelas, vigilias de cimas resbalosas; sus despertares, más llanos y secos que Castilla.

Pero volvamos a mis médicos. Porque está visto que nunca he conseguido llevar el hilo de algo, qué pereza. Tras lo apuntado por el que acompañaba a Arrute, éste debió de mirar su reloj.

—La una, estará por levantarse —dijo.

—Arrute…

—Dígame.

—También está él… el rey. En fin, usted lo habrá visto, usted lo habrá oído, sus andares, su vocecita… ¿No es un poco intranquilizador?

Arrute carraspeó. Repetidamente. Como cuando yo le decía claridades como puños: «Arrute, con Paquito, mi señora madre y otros de su jaez el palacio es una letrina en fermentación».

Carraspeó.

Sin verlo, sabía que era él.

Tenía que ser él.

—La reina es más hombre que el rey —dijo.

El otro bajó la voz.

—Lo digo porque la impresión bien pudiera venir también de ahí. Una niña… obligada… a estar con él.

—Conociéndola, otra explicación no hay —dijo Arrute.

Entonces, entré.

Dejándolos con un palmo de narices, entré.

Las reinas no escuchan detrás de las puertas. Las mujeres, todas, debieran hacerlo.

8

En el palacio de Oriente vivía queriendo morirme: hacía un frío de órdago.

Quizá haya sido el Real Sitio donde más tiempo he permanecido de pie, en parte debido a que cuando mi señora madre me parió no pensaron que, de vivir, sería gordinflona, por lo que mantuvieron un mobiliario de reina sílfide. Y en parte debido a que, si conseguía embutirme en el sillón regio de la capilla real, en el bermellón del trono o en cualquier otro asiento que no fueran las sillas de peineta (las tenía de adorno porque entrar entraba, pero no me sostenían), las nalgas se me descarnaban de sabañones.

Y eso que en la época de las heladas solían sustituirse los lienzos de las paredes por tapices de un grosor considerable.

—Para mantener el calor —decía el intendente de palacio.

—Qué calor —respondía yo con los pezones carambanados de frío—. Que se dejen de zaragatas y me construyan más chimeneas.

De los hielos, mis pechos le enviaban bendiciones y cariños al corsé, del que no querían desprenderse ni en la adormecida. Cómo sería que, en no pocas ocasiones, me arreé algún que otro coscorrón intencionado en la frente para que por lo menos se me calentara un rato la mollera.

Sin embargo, no era éste el frío peor. Ni siquiera el frío de la corrupción de los que parecían incorruptibles, a mi lado. No, este frío de conferencias sin testigos, de arrimados a la cola que miraban por mí mirando antes por ellos, de clérigos y monjas milagreras echando un párrafo de secreto en camarillas había mejorado proverbialmente sin la presencia en palacio de la «ilustre prostituta» —a la sazón, mi señora madre—, en palabras de *El guirigay*, el periódico de González Bravo. Aunque, como es lógico suponer, dejara ésta la Casa Real infestada de próceres que le iban con el cuento de lo que aquí acontecía.

No. El frío gordo, el que turbaba el ánimo haciéndolo un pozo batallonado de excrementos, el culpable de que yo quisiera estar muerta una vez cruzado el zaguán de entrada, las dos garitas de vigía tras de mí, el aldabón de la puerta rebañándome los talones, el frío-frío era otro.

Tenía que ver con Paquito. Con Venus. Con Eneas.

Tenía que ver con diosas y guerreros.

Cuando supe que, durante el tiempo (breve, que se joda) que estuvo en el palacio de Oriente el rey Amadeo de Saboya, él y doña Victoria ocupaban apenas tres pequeñas habitaciones, dejando casi todo el edificio vacío, exclamé:

—¡Pobres, no podrán moverse!

Su saloncito de estudio, su alcoba, su tocador, su pasillo por donde se iba a las habitaciones de los príncipes, junto a las que estaba el aposento de doña Victoria (va a llamarla reina su madre), y su salón destinado a recepciones los había ocupado yo enteros iberos para mí solita. Y más que me callo. Reinando los borbones, todo el palacio estaba ocupado, faltaría más: a Paco le dejé la parte izquierda, hacia la plaza de Oriente. Más tarde, por 1879, Alfonsito haría derribar esos tabiques a fin de hacerse un salón de bailes y comidas de gala, con una mesa para cien comensales, cubiertos de plata y cristalería de La Granja. Y todo para morirse sin haber podido disfrutarlo a manos llenas. Aunque se me hace que a su manera disfrutó sentado sobre la memoria del rey consorte, bailongo y achispado, con sus pies aplastando el suelo de madera donde antes había estado la cama de Paco, su secreter, su tocador con el juego de aguamanil y guarda-peines en blanco y oro, que yo adoraba y con el que nunca quiso obsequiarme.

—Harás siempre lo que te plazca, Isabel. Pero jamás podrás peinarte con mi peine.

Hay que ser hombre de mala traza, tracamundano, mariquita, para negarle un capricho así a una reina. Mi hijo, el rey, bailó sobre los pelos que de seguro se le cayeron a Paquita al enterarse de lo que había sido de sus dependencias privadas. Chúpate ésa, minga muerta… Pobre Paco, esas habitaciones constituyeron el único sitio donde fue algo: encerrado en ellas era el rey consorte; era como si al adentrarse en los dos ojos de cada una de esas cerraduras no pudiera reírse de él nadie.

Pobre Paco, qué de chanzas en su honor. Sólo a estas alturas le reconozco una cierta hombría, una suerte de virilidad: él quería ser rey, y no salió de estampida.

En palacio, ocupaba yo la parte que mira de un lado a la plaza de Oriente y de otro a la de la Armería. Qué de armas en alto pudo contemplar la reina; qué de espadones al frente en los, para relamerse, cambios de guardia. Desde mis ventanales veía ora las ancas traseras del caballo de Felipe IV, su cola tiesa de monumento, ora las ancas de los bigardones que eran señal única de viril existencia por aquí, por palacio.

A Ramón María Narváez, por su parte, le ponían los pelos de punta los hombres de cuartel. Según él echaban pestes del servicio militar y de todo lo que oliera a guerra, fusiles u ordenanza.

—¿No es un oprobio ver a tanto pollo elegante haciendo como que sabe disparar? —resoplaba, sólo para encresparme los nervios.

—No confundamos cosas con cosas —le contestaba yo cuando no sabía qué contestarle.

—No confundo, señora; lo que es, es.

Qué manía con revesarlo todo, con tener que dar la última palabra.

Quise darla yo.

—La elegancia no está reñida con la bizarría —dije.

Y él, que debió de olerse que era sólo para quedar encima, no se mordió la lengua.

—Si la bizarría de un soldado está en su facha, no habrá para la corona un porvenir lisonjero en días no muy remotos.

Sin el menor miramiento lo dijo. «Lo que es, es», qué verdad. Él sabía llevarme a donde él quería y a donde quería yo.

—Al primer tiro correrían huyendo de la quema. —Lo dijo ya dándome la espalda. Porque él era así: antes muerto que dar su brazo a torcer.

Qué sabría el Espadón de Loja, en esos tiempos ya con espadita de achaques. Mis alabarderos eran lo mejor de mi casa, intimando la retirada de mis enemigos de fuera, adelantándose algún tenientillo (si había suerte) a recoger de entre la pizarra gris el pañuelo de la reina. Era sentirlos cerca; era olerlos, aun cuando la distancia fuese grande, era verlos en posición de firmes sobre sus monturas… Y a mí, a mí, me entraban ganas de bajar y de apretarles las quijadas a unos y a otros para encabritarlos a todos.

Lo que hubiera dado en esos comienzos de mi casorio por un relincho en mis sienes, por una coz bien dada bajo mis faldas.

De todo el palacio, como podrá entenderse aun sin muchas luces, era en el salón de Alabarderos donde me encontraba más a gusto. Pretextando cualquier fruslería, me plantaba allí. Eso sí, primero tenía que quitarme de encima a la marquesa de Santa Cruz, que parecía uno más de los ungüentos sobre mi piel. La voluptuosidad azuza el ingenio, así que en no pocas ocasiones conseguí zafarme de su presencia. Por escaleras y corredores secretos (en eso los austrias —hay que reconocérselo— eran un prodigio de imaginación) accedía sin que nadie se percatara, exceptuando los mozos de cámara, que, delante de mí, no sabían dónde meterse.

Una vez en el salón de Alabarderos, principiaba la representación del mareo de la soberana:

—Ay qué flojera de piernas, ay que se me anubla la vista.

Me callaba lo de «con tanto *resalao*, olé la madre que os parió».

—Ay, ay, ay.

Y requeteay.

Siempre quedaba alguna charretera imberbe que caía; *amos*, que me sujetaba, desvanecida toda yo sobre su traje de oficial.

Dios guarde a los inocentes.

Los más, cierto es, ya estaban escarmentados por arrestos: fue empezar con la comedia de los sofocos y, por hache o por be, yo no fallaba casi ningún día. De ahí que los avispados me miraran con la brutalidad ladina de los venales. A través de sus botones, a un pie de la pérdida de rango. «Culebra, culebra», parecían decir. Pobres, cuando a mí se me metía algo en la sesera… Y lo que tenía la reina doña Isabel II de Borbón y Borbón bajo los bandós era a Venus, a la *Mariblanca*, allí, en los frescos del techo. Qué imagen. Como hubiera dicho el escritor ese, Galdós: «qué metáfora del amor».

Amén.

La diosa encomienda a Vulcano que forje las armas para Eneas. Yo le encomiendo al iluso que me acerque al banco que queda bajo el ventanal, la luz de la tarde es mi adorno de perlas desparramando su brillo por el pavimento, cuando golpea en las piedras de color rojo, del Molar, las quema vivas, hay fuego bajo mis pies, ardo, la luz atrás, transformando mi vestido azul en el color de los músculos en la fragua, el pobre lambión dice majestad y yo digo ¡Eneas!, se lo dice la diosa al guerrero, y la reina aprieta muy fuerte los párpados para que no se escape de ellos el héroe, el soldado pretende desasirse de su pulso pero ya sabe ella cómo reconducir tanto arrobamiento, si las hembras nos azoráramos por un quítame allá esas pajas íbamos listas, no, estoy martilleando tu espada, ¿no lo entiendes? Y entonces le digo: «La piel me duele». Y él va a decir también algo, pero la reina, yo, Venus, no quiere palabras, quiere que la bese en las junturas, justo donde ella no puede besarse, para estos asuntos es mejor que seamos par, quiere que le alivie las heridas, para que ella, aliviada en el banco de Vulcano, sea la diosa que desciende para encontrarse con el héroe, y es Eneas, y es Venus, y es el Dios de los hombres y es la Hembra virgen vistiendo el hábito de las profesas, el de la Inmaculada Concepción, es tan mortal esta Venus, tan monjil novicia, que, al quitarle Eneas la túnica, el hábito, el manto, la cofia, el rastrillo y la enagua de cintura, se agarra al rosario, «prudente virgen, prepara tu lámpara, he ahí al esposo que viene», dice Vulcano, «seré llamada tres veces», dice Venus, digo yo, mi cabello suelto dejándome caer oronda sobre el espesor de la nube del techo, «llega la esposa del Dios Hombre para recibir la corona que Él tiene dispuesta para la eternidad», lo digo, la diosa ahora ya sólo una hembra lo dice, las piedras rojas, del Molar, reventándome las uñas de los pies a quemazones, la saliva corre por mis omóplatos y la piel ya no me duele, «conmigo es el ángel que custodia mi cuerpo», dice la mujer, su señor se pone de rodillas, la mujer, la diosa, se inclina también, dobla las corvas, las corvas son las de una mujer porque sólo ella flaquea así, se desborda así, la boca del héroe entre sus nalgas, adentro, qué gusto, la punta de la lengua en eso que es para las hembras como una campanilla, qué gozo, que desesperación, cayéndose, pero ella aún de pie y él que la mira y ella que lo mira, él, «toma en tus manos la palma de la virginidad para que yo te haga mi esposa y si en mí permanecieres serás coronada con la gloria eterna», dice, cree escuchar la *Mariblanca*, Venus, a un coro entonando el himno *Veni Creator*, la reina oye pero no escucha, la reina oye, oye, oye, oye, oye, oye todo lo más cómo resuena el solado de la galería principal, luego la puerta, la estampida del firmes, el frufrú de unas faldas que me persiguen cual herida, vuelve a picarme todo, pico, yo pico, desde el punto y hora que soy arrojada de la nube, Venus se muestra allá lejos, el fresco con estucos retorna a sus tres planos, tiene ahora tres distancias: la diosa, el guerrero. La fragua.

Ha vuelto el frío.

En este palacio, el frío es el rey.

9

—Otra explicación no hay. Fue lo que dijo el doctor Arrute. En cambio, a mí me daba que la había. ¿Miedo? ¿Cólera? No. Voluptuosidad. Sin término. Sin objeto determinado. O con muchos objetos determinados y por determinar.

La volupté.

Pese a que ellos no supieran discernirlo. Ellos, el boticario mayor de palacio, mis mismos médicos de cámara, eran varones. Era natural que anduvieran en Babia.

Se dejaron de cocimientos dulcificantes con leche o menjurjes de raíz de la China. No les quedó otra que ponerme en salmuera, con baños de agua templada, a veinticinco grados. A razón de media hora por baño. Sin embargo las escamas, después de amollecidas, se endurecían nada más secarse. Algunas se caían, es verdad, aun dejando marca; las más salían del baño conmigo y me seguían a donde fuese, como si quisieran acompañarme para no verme yo sola.

Como no podía ser de otra manera, según lo que me relataban, las más resistentes eran las de codos, rodillas y tobillos.

—Las zonas donde la piel es más gruesa —decían los médicos.

No era eso.

La razón era que mis codos, rodillas y tobillos eran lo que

yo me desollaba de pie, sentada, en el lecho, en las ensoñaciones de mis amaneceres, de las tardes, de las mañanas, vuelta a un lado, vuelta al otro, un alabardero, un diputado, un senador, un ministro, un alguien sin nombre de la servidumbre, un ahorrista, un industrial, un cosechero, cualquier hombre de la calle, todos cada uno a su tiempo o todos a la vez diciéndome: «ven, ven». Y doña Isabel II de España yéndose. Yo, una hembra, yéndome, yéndome, yéndome. Como es natural, donde no podía besarme era en mi nuca, en mis dientes, en el trapecio de mis pechos, aunque, en según qué posición, elevándolos con las manos llegara a los pezones; cuanto menos en el vientre, en las ingles, en el interior de mis muslos…

Cómo explicarles a esos hombres, que se creían expertos infalibles, que el grosor de mi piel no tenía nada que ver con ello. El Señor, en su sabiduría infinita, me había hecho hembra. Y estaba viva, respiraba. Ésa era mi enfermedad, mi pecado. Mi castigo.

A una Virgen de siglos se le rezan oraciones, se le entregan exvotos, ofrendas. A una virgen de dieciséis años, se la entierra viva en un palacio junto a Paquito, que a veces hace de su capa un sayo y pone interés en ofrecer, pero debe de ser que es pensarlo y pasársele las ganas.

Los médicos seguían empecinados: para las partes en que la piel era «más gruesa» se procuró mejorar el único remedio conocido. De ahí que los baños tibios fuesen sustituidos por los calientes y, más tarde, éstos por los fríos. Luego, por la alternancia de las tres aguas: templada-fría-caliente, templada-fría-caliente, templada-fría-caliente. Media hora diaria de aguas alternas, de jugar a las bañeras como al triángulo. Nunca estuve tan mojada, tan amollecida, tan rana en un estanque mínimo, a la espera de estirar las ancas y zamparme o escapar saltando. Mas no era una rana.

Era una reina.

Si deseaba encontrar mejoría, lo que restaba era la ingesta de bebidas sudoríficas. Así que líquido por dentro, también sobre la piel; no sé cómo en esa época no me hice ballena. Y, cuando la piel fuera permitiéndolo, vestirme con prendas de lana. Hasta ahí podíamos llegar, la lana era un tejido para el pueblo. No era un tejido para la reina de España. No era ésta una enfermedad para doña Isabel II de Borbón y Borbón. Era un mal para alforjeras que no tenían que exhibirse, que no tenían dónde hacerlo ni figura para ello. Yo quería exhibirme, y disfrutaba de mil lugares para hacerlo como está *mandao*.

De todo se aburre una: de saber y de no saber. De pecar y de no pecar. Yo me aburrí de expiar culpas con mi piel por darle a la sesera en sueños cuando podía expiarlas por haber pecado de verdad, con todas las de la ley. Los años me darían la razón: los hechos acaban escupiendo sobre los pensamientos. De los pecadores.

—Puaj.

Mientras empaño, con un escupitajo, el agua de azahar que acaban de destilarme como remedio para los escozores más ariscos de mi piel, estoy cierta de que he nacido para pecadora. Sí, ha de ser ahí, en esos momentos, cuando decido pecar con ganas, también con gusto. Pecar por pecar, olvidarme de que la contención exime de penitencia. Lo que no quita que también deseara una suerte de bendición para mis actos futuros. Una indulgencia, merecida a mi entender. Baste recordar que para mi ímpetu insatisfecho estaba más que justificada la búsqueda de otras virilidades. Con echar un vistazo a Paquito, se encontraba claramente la justificación. Cómo iba a oponerse el Altísimo a lo que Él mismo había consentido que me hicieran. Yo y Paquito. Paquito y yo. Juntos.

La bilis, de parte a parte.

La hembra podía pasar sin indulgencias, todo sea dicho. No obstante, a la reina doña Isabel II de España se le metió entre ceja y ceja que precisaba ser bendecida para las batallas que se avecinaban. Fue eso lo que le pedí, ni más ni menos, a mi confesor, sin entrar en detalles. Pero Bonel y Orbe ya de cardenal era un botijo y un tiquismiquis. Todo lo que tenía de gordo lo tenía de mezucón, de liante. Era también vivo como él solo. Cuando me veía salivar por un hombre, pasaba a mi lado diciendo:

—Cuando vuestra majestad guste, puede tomar confesión.

Confesaba yo que sí, que fulanito me hacía tilín o tilón y que por eso justamente soñaba con que acabara en mi recámara. Bajo las sábanas de hilo; lamiéndome las muñecas, los codos, las rodillas. Y pedía perdón al Altísimo por aquel pecado mío de la carne, que aún no era, que no había cometido todavía. Y rezaba treinta avemarías con la mente embutida ya en los calzones de aquel hombracho, que en mi duermevela me haría volar sobre los tejados cual mensajero del Maligno. *Ego te absolvo a peccatis tuis in nomine Patris, et Filii, et Spiritus Sancti. Amen.* Y yo decía amén medio ahogándome de goce sólo de pensar en la tarea que tenía por delante, en el cuerpo desnudo de ese guapetón junto a mi cuerpo en los sueños durmientes de mi sesera.

Bonel y Orbe.

Tinajón. Tiquismiquis. Cotilla. Liante. Marica. Cabrón.

Así que cuando le dije lo que le dije, después de agarrar el crucifijo que descansaba en su pecho con una fuerza que casi se acogota, me lo puso a un dedo del entrecejo gritando:

—¡Arrepiéntase vuestra majestad! ¡No hay penitencia bastante!

Me quedé con el alma en un hilo porque yo, arrepentirme, me arrepentía, pero lo que buscaba de él no eran penitencias sino absoluciones. Como insistiera yo en mis demandas, las rodillas en el suelo, a un tris de que las ballenas del corsé me lanzaran de bruces, con el pecho sin aire de los crucificados, mi confesor me clavó al Hijo de Dios hecho Hombre y muerto en la cruz en la raíz del cabello, recogido en bandós.

Por sus pupilas ocres se despeñaba el odio de los justos.

—La primera en la frente —se me escapó a mí en voz muy baja, aún no sé por qué.

A pique de llorar. A pique de reír.

—¡España se pierde!

Fue lo último que dijo él antes de echar a correr por entre la antecámara y la saleta de mis habitaciones privadas, golpeándose con toda silla de peineta que se ponía por delante y dejando el birretucho rojo, más solo que la una, en el suelo, junto a una de las chimeneas encendidas.

De un puntapié, lo tiré a la lumbre. Disfruté viendo cómo se condenaba entre la quemazón de las brasas.

—Y si tiene lo que hay que tener, que vuelva —le dije al fuego o me lo dije a mí, qué sé yo.

Años más tarde, supe que, cuando el papa Pío IX había decidido hacerme merecedora de la Rosa de Oro, prebenda con que la Santa Sede premia a las personas más piadosas, un eclesiástico había tratado de disuadirlo por mi condición de pecadora, revelándole de propia voz de la reina lo que ésta había demandado a quien fuera su confesor. Dicen que cuando hubo escuchado tales aseveraciones, el Santo Padre se limitó a apuntar:

—Puta, pero pía.

Lo creo. Porque cuando me entrevisté con él en Roma, no siendo ya reina de España, toda mi figura en lágrima viva echada sobre sus sandalias de pescador, trató de incorporarme diciendo:

—Ésta, al menos, tiene la fe de los primeros tiempos.

Qué distintos, el Santo Papa y el botijo de cardenal.

De arzobispo, Bonel y Orbe concedió indulgencias, concretamente cien días de indulgencias, a todos los fieles que usaran del *Devocionario mozárabe*, compuesto por el señor don Antolín Monescillo, canónigo de la santa iglesia Primada, y otros cien días a quienes leyeran, meditadas, las varias deprecaciones contenidas en él, rogando a Dios por la exaltación de nuestra santa fe católica, la extirpación de las herejías, la paz y la concordia entre los príncipes cristianos y la conversión de los pecadores. A la reina doña Isabel II de Borbón y Borbón, a mí, a mí que me moría por ser una pecadora, aquel día no me concedió ni ésta.

Y para postre tuve que escuchar que los sermones de misa de esas mañanas fueran «sobre el hijo pródigo, que Dios desea que el pecador vuelva a Él, que lo que quiere es su salvación». Y concluían con esta encomienda de la Iglesia a sus fieles: «Que la cosa más necesaria que tenemos que trabajar es nuestra salvación: que siendo ésta nuestra idea tendremos calma de alma».

Amén.

Y, mientras, yo rasca que te rasca.

10

En ésas estábamos cuando a la corte llegó noticia de unas nuevas aguas milagreras. Pero a mí se me cruzó Serrano, y la piel se me mejoró sólo de verlo. Montarlo a él fue mi manantial. Mi balneario. Mi *station thermale et climatérique*, que decían los franceses, *séjour recommandé aux enfants et convalescents*.

Yo fui la *convalescente*.

Serrano, el *enfant*.

Un día, ya en La Granja, de vuelta del bosquete del Laberinto, le pregunté junto a la canal que servía de riego a los tilos, a los castaños de indias y a las secuoyas:

—Francisco, si me cayera al agua, ¿me sacarías?

—¡Qué cosas tienes! Sin dudarlo.

Qué requetebién mentía mi general bonito. Desde que le eché el ojo, me dio por interrogar a todo aquel que me venía con un notición:

—¿Es ésa toda la verdad?

Una vez por lo menos, el jefe del Gobierno, Joaquín María López; otro tanto, el ministro Benavides, el gandumbas que fuera con soberanas estolideces me miraba como si se hubiera quedado lelo. Todos creían que era tonta verdadera o tonta fingida, pero que era tonta lo tenían por seguro.

—No comprendo, señora —solían contestarme.

—Que si, de ese asunto, me has dicho mentira o verdad.

—Verdad. Verdad es.

—Pues miénteme, la verdad no me gusta un pelo —zanjaba yo.

Con el correr de los años pude comprobar que Serrano fue, de mis amantes, el que mejor mentía y el más *enfant* de todos. El más *enfant* de todos los hombres que estuvieron con la reina, o que quisieron estarlo. A su modo, se parecía a Cánovas: no se ponía mohíno por lo que le pedían, sino por lo que le negaban. Francisco pedía y pedía sin tregua. Yo nunca, jamás, le negué. Ni siquiera cuando ya estaba con la madama, le negué.

Fue a los tres meses de haber sido nombrado capitán general de Granada; vino a mí en busca de una escuadrilla de barcos de guerra. Granada era poca cosa para una frente tan grande y un bigote tan rubio, así que le había dado por discurrir que no quería pasar a mejor vida sin ponerle mi nombre a un islote que había sido un volcán, donde anidaban gaviotas con el pico rojo.

—Tan rojo como tus labios, Isabelita.

—No lo serán tanto cuando andas tras los de la segunda condesa de San Antonio.

Su prima, la madama.

Cubana. Pelo endrino. Busto amplio y formas que se pronuncian y se repronuncian. Decían que olía a azúcar, a cacao. A café.

—Un asunto de familia —dijo, mientras su bota derecha, la puntera en el aire, me convocaba a Cortes.

Detuve su paso con mis pechos, adelantados. Sin embargo, no pude por menos que mirar de reojo su bota. Francisco siempre cargaba a la derecha: el paso. Las armas.

Yo también tenía un busto grande, y una gran fortuna, y las manos hechas como de polvo de perlas.

—Igualitas que las de la condesa de San Antonio —me diría, años después, la afrancesada de la Montijo.

«Ugenia», como la llamaba su esposo, Napoleón III.

—De algodón parecen sus pómulos, Isabel, digo. Su cutis, flor de lis.

La flor de lis era el emblema de los borbones, de mi casa. Ella, la emperatriz de los franceses, me abría las puertas, en mi exilio parisino, sólo para darse el gusto de cerrármelas en las narices.

Poison de *femme.*

Puta.

—Es caridad con el prójimo, Isabelita —dijo Serrano—. No anda sobrada de salud.

—La prójima es una niña —dije yo.

Y Francisco estalló en carcajadas. Luego inició una coplilla que a mí me perdía:

> *En hablando de niñas*
> *yo pronto escojo,*
> *porque sólo me gustan*
> *las de tus ojos.*

Eso fue lo que me dijo, y después siguió diciéndome lo que yo era, lo que había sido, lo que sería siempre para él: un laberinto en medio del bosque.

La Granja.

Los jardines que un tal René Carlier inventó para nosotros, dos amantes, sin conocernos.

Francisco y yo. Yo y Francisco.

—Dos anátidas ibéricas durante la muda —dijo.

Él, un pato. Yo, una gansa.

—Mientras perdemos las plumas, pasamos desapercibidos.

Sin plumas, no podemos volar —le dije, al tiempo que él achicaba el espacio entre nuestros cuerpos.

Mi abanico de nácares y plumas, de casi un cuerpo, en medio. *Echao pa'lante.*

Relucía más que su guerrera.

—Hasta ahí, Francisco, que nos conocemos.

—Nadie me conoce como tú, Isabelita.

Por qué los hombres cuando quieren algo andan y andan con que los conocemos mejor que nadie. ¿De qué nos sirve conocerlos?

—Déjate de conocimientos. Los disgustos, mejor por sorpresa —le dije.

Los galones del soldado haciendo boquear al abanico, humillando su tez.

—He de conquistarlo, Isabelita, antes de que me tome la delantera el almirante de Francia.

Luego me dijo que era un lugar donde acostumbraba a hacer calor y que, a no ser que el viento soplase de Alborán, no llovía nunca.

—Un paraíso, vida mía.

Me dijo que no era un islote, sino muchos: el archipiélago de Chafarinas. Los despojos de un macizo de lavas, apostadero de piratas y forajidos.

—Hacia él huían como no pudimos hacer nosotros.

Dijo. Dijo.

—Frente a las costas del norte de África.

Me dijo que eran tres islas las principales. Serían la Isabel, la del Congreso y la del Rey.

—Al rey ni mentarlo —le dije.

Y fue eso todo lo más que pude decir porque con Serrano el que hablaba era él.

Le hablaba yo con mis dientes.

—Son perlas —dijo.

—No.

—Entonces, diamantes.

Y ahí sí que no le respondí. Sí, mis dientes eran piedras preciosas que rajaban la abotonadura de su camisa. Sus dedos, dentro de mi escote.

Empezó siendo una isla y, mientras su bigotito peinaba mis cejas, ya eran más de diez, y seguían creciendo, el archipiélago crecía, yo crecía. Serrano y su islote crecían.

Para cuando me dijo que, antes de ponerles nombre, había que conquistarlas, yo sólo deseaba confinarme en ellas, bajo su mando y su sable.

El capitán general de Granada me dio su sable y el mando para que tomara posesión de lo que iba a ser de otra, tras el casorio. A cambio, le di dos vapores de guerra, un escuadrón de caballería, un batallón de infantería y otro fijo de Ceuta. A los que sumé un pailebot, un falucho de guerra, una batería de montaña, los confinados de oficio de las cárceles de Granada y Málaga, una compañía del regimiento de Ingenieros, dos *blokaus*, el *Piles*, el *Vulcano*, el *Isabel II* y el *Flecha*, más un convoy de transportes con centenares de hombres de desembarco, así como fuerzas de artillería, material de fortificación, municiones, agua y víveres.

El general don Francisco Serrano y Domínguez no había cumplido cuarenta años cuando, por la festividad de Reyes, desembarcó en un islote rocoso a unos pocos kilómetros del norte de África. Unos días antes de que lo intentara Muchez, procedente de Orán.

Dos años más tarde, contraería matrimonio con su prima, la madama, doña Antonia Domínguez y Borrell, que, encerrada con cien mujeres dentro de un cuarto, hacía que esas hembras y las que se le pusieran por delante no valieran un cuarto entre las cien.

11

Siempre creí que lo que le molestaba a Paquito era que yo a mi general Serrano le diese todo lo que me pidiera. Y más. Hasta que, ya divorciados, me dijo:

—¿Sabes lo que fue Serrano? Un Godoy fracasado.

Estábamos en Deauville, en la playa. Lo recuerdo porque a Paco nunca le ha gustado el agua; por eso las infantas, con Eulalia a la cabeza, le gastaron la broma de cogerlo por brazos y piernas para tirarlo al mar. Ana de Lagrange, mi querida soprano, y José Altmann, mi leal Pepe el Judío, hubieron de meterse hasta las rodillas para sacarlo.

—¡Que me ahooogaaan, que me ahoooooogaaan, Isabeliiiiiiiiiiiiitaaa! —gritaba.

Como carecía de conocimientos marinos, no sabía que ahogarse en la orilla resulta harto difícil. Con haberse puesto de pie nos hubiera ahorrado el cachondeo.

Fue al enderezarlo para conducirlo a la arena seca, cuando dijo lo que dijo de Francisco.

—El otro Godoy, al menos, para obtener los favores de mi abuela supo antes hacerse amar de Carlos IV.

A Paquito no le molestó que Serrano se encamara conmigo. A Paquito lo que le molestó fue que Serrano no se encamara con él.

Debieron de antojársele eternos, al rey, aquellos fríos de

1847. Los primeros del año, con los que la reina y el general se buscaban para darse cobijo y saborear sus fragancias por los rincones de palacio. De los bailes. De los teatros. De los restaurantes. Lhardy. Qué gusto un hombre al que le gusta comer, que te hartas tú antes que él.

No se calienta el que puede sino el que quiere. Nosotros, Serrano y yo, queríamos sin que nos dejaran. Los borbones hemos sido reyes de mucho séquito, y lo que tiene el séquito es que quienes lo forman (camareras, azafatas, damas y demás pájaras) te siguen allá adonde vayas, de jaraneo, a la mesa, al oratorio, al tocador, al retrete; no te dejan vivir. Así que buscar nos buscábamos, aunque no pudiéramos llevar la búsqueda más allá de unas caricias de emprestado.

Traté incluso de llamarlo a consulta sólo por tenerlo cerca, aunque él ya no se encontrara en el Senado. Cuando el ministro don Mariano Roca de Togores —un Cromwell con runrunes que me daba coba— me dijo que nanay, que Serrano había dejado de ser senador hacía unos meses, no se me ocurrió otra que decirle:

—¿Y para qué los nombro entonces «vitalicios», si no tienen que atenderme cuando los reclamo?

Ahí fue cuando don Mariano me explicó lo de las legislaturas, que si únicamente la reina era inamovible, que si todo lo demás tenía un cariz temporal.

—Pues me han venido con el chisme de que Oliván e Iznardi ha sido representante en todas las legislaturas —le dije ajumada.

—Diputado, señora. También él con caduquez.

Por eso mismo buscaba yo a Serrano, porque mi general bonito tenía caduquez. Y porque la reina podría ser eterna, pero la hembra que había adentro de ella era la de más caduquez de todas.

Una de las tres o cuatro ocasiones en que Paquito y yo

coincidimos en esas semanas, yo con mocos y anises hocicando los surcos de mis labios, me soltó:

—Desde que andas de generala no tienes la cabeza en su sitio.

La reina llevaba los bandós deshechos. La cara sin lavar. En los mofletes, cuatro lagrimones por caer.

—No están las Españas para firmar decretos jugando a las casitas —recalcó.

No quería cruzarme con ese tonto baba ni de lejos. Serrano sabía a hombre. Olía a hombre. Paco, en cambio, olía a limpio; era la peste para los olores del deseo. Encima se cargaba de ámbar o almizcle, lo que hacía que lo rehuyeran como a una epidemiada.

Al despertarse nunca ponía Paquito los pies descalzos sobre el suelo, ni doblaba el talón de sus babuchas, para que el calcañar no se expusiera al aire ni se hinchase. En lo que a las costumbres higiénicas se refiere, seguía mi esposo los consejos del *Manual para las señoras o el arte del tocador*, de Madama Celnart, que, a más de estas recomendaciones, sugería fregarse bien detrás de las orejas con un trozo de batista, a fin de eliminar el sudor de la noche. Como si Paco fuera a hacer algún movimiento que le provocara sudor. *Amos*, anda.

No contento con esto, untaba también el dedo índice en un frasquito de agua de colonia para pasarlo luego alrededor de la boca del oído. Por último, se enjugaba las encías y la lengua con una pastilla de malvavisco, azufaifa o viruta de azúcar cande. Así dispuesto, más bonito que un San Luis, principiaba a pisar sus mañanas de invierno con suelas exteriores de corcho, y de franela en el interior.

—Esos escarpines forrados de seda que gastas algún día van a darte un disgusto —solía decirme.

Desde que Serrano me forrara los bajos, ya no me decía nada. Como mucho, lo de que no tenía la cabeza en su sitio.

Y llevaba razón: no tenía la cabeza donde tenía que tenerla, coronando mi cuello. La tenía en la parte delantera de los pantalones de Serrano, en el vértice donde confluían los forros de sus ahíncos.

Sí, andaba la reina de generala en aquel palacio en cuya primera piedra había quedado grabado:

PARA LA ETERNIDAD

Como a Paquita, a mí también se me hacía eterna la eternidad del palacio de Oriente. Tan eterna que, mira que mis dependencias privadas eran muchas, no había habitaciones bastantes que me separaran de mi marido lo suficiente.

Uno de esos días en que nos encontramos por las escaleras secretas que los dos empleábamos para esquivarnos, le endilgué:

—La madama esa de los tocadores dice que debe andarse con mucho tiento en el uso de los perfumes.

Los peldaños de caracol eran tan chicos que apenas cabía un pie, cuanto menos cuatro cruzándose: dos para arriba, otros dos para abajo. Justo al hacerme él sitio para que yo continuara mi descenso, me fregó las ropas con un mar de olores: clavel, canela y, creo que también, lirio, vara de Jesé y heliotropo.

Iría a recibir, porque llevaba una ristra de medallas prendida de la pechera.

—Tu falta de carnes, tu abatimiento, tus escalofríos son los frutos ordinarios de un empleo excesivo de aromas —le dije mientras me restregaba la nariz con virulencia.

Atontada con el rebujo de olores, me desabroché la chaquetilla de un tirón. Como si me hubieran contagiado un eccema del que pudiera desprenderme quitándome la botonadura.

—No voy a darte el gusto, Isabelita, de verme con los nervios de punta.

Entre Paco el fragancias y los escalones para muñecas del

arquitecto Sabatini, me faltaba el aire. Con el poquito que aún tenía le dije:

—A ti es que de punta sólo se te ponen los nervios.

Los dos de espaldas. Él sin parar de subir, más despacio todavía que yo; la reina sin parar de abajar. Alejándose, escuché su voz:

—Estás empeñada en que me dé un síncope.

—Cuando uno está a las puertas de la muerte lo mejor son las píldoras suizas, que purifican la sangre y limpian el cuerpo de las materias corrompidas —dije, sin cantear la cabeza.

Dos, tres peldaños más. Cuatro peldaños más. O cinco. O seis. Qué sé yo. Eternos peldaños de un palacio eterno.

Paquita, ya a lo lejos o quizá era su voz la que se había venido abajo en la ascensión, farfulló:

—O Serrano o yo.

Debió de escuchar mi risotada de lumbre sin emboquera.

De reojo vi que permanecía quieto, el cuerpo vuelto para coger el tramo zurdo que lo llevaba hasta la saleta de Carlos III, en la que Paco había dispuesto su gabinete. Pocas semanas atrás, había hecho yo que trasladaran allí el regalo de bodas de los reyes de Francia: un diván circular, coronado con un candelabro de bronce. Pedí que se lo llevaran a Paco después de haberse meado la reina en él dos o tres veces.

Con la tripa medio suelta.

Supe que se había deshecho de él. Incluso así, la habitación debía de oler aún a orines y aguas mayores.

—De continuar en tus trece, me iré a El Pardo —dijo.

Al tiempo que hablaba el tintineo de las condecoraciones de su pecho sonaba a zafarrancho de combate.

—No acrecientes tus dolencias con peregrinaciones —dije. Esperé unos segundos para rematar—: La que se va es la Reina. A La Granja.

Y Paquito tuvo por seguro que la Reina no iba a irse sola.

La Granja

Todo santo tiene pasado.
Todo pecador tiene futuro.

OSCAR WILDE,
El abanico de Lady Windermere

12

No pronuncio su nombre. Él sí el mío; me llama Isabel, Isabelita. Me dice que el hombre que monta a una mujer es dueño de sus secretos. Yo aún no soy una mujer, pero no se lo digo. Aunque Serrano sabe —cómo no va a saber, si mis desazones maritales se hallan en boca de todos— que la reina no ha conocido varón, antes de él.

—Carajo, con todos los barones con «b» que hay, y con «v» qué pocos quedamos —me dice bajito.

Ese acento suyo se despliega sobre mi boca como el oleaje de su bahía gaditana. Las olas vienen. Se van. Así habla él, con un sonido que parece perderse y que regresa a tu lado, arrogante, con la misma peligrosa contingencia de sus empresas.

—No te vayas de mi vera, Isabelita —me dice.

Cómo podría irme. Adónde iba a estar más a gusto que con su lengua en mi ombligo.

—La primera encabalgada duele.

—Qué importa, no está una para gastar remilgos con estos asuntos —digo levantándome las faldas.

Entonces Francisco me echa sobre la cama, mis ojos en línea recta con el eje central de la bóveda. Qué milimétrico es para todo. Yo, qué obstinada. No suelto las faldas, las tengo bien arriba, en la cintura, sujetas con una determinación que blanquea los nudillos de mis dedos. Toda yo soy el lecho, oscuro, de madera lacada; es el de repuesto, el de las siestas. Con cielo de terciopelo de palo de rosa, sin caídas festoneadas ni colgaduras. Como es portugués, apenas cojo yo, que soy española y castiza. Serrano tendrá que estar encima o debajo de mí. No le quedan más posiciones.

No estamos en la habitación principal, sino en una pieza de reserva. La más alejada del rectángulo de palacio. Francisco se demora, de pie, frente a mí, subiendo su pierna derecha hasta colocarla entre las mías para que lo ayude a sacarse la bota. Pero yo no suelto las faldas, para que no se bajen, no las suelto y no las suelto. Ha de quitarse las botas él. Negras. Altas. De general. Después el pantalón blanco, tan justo que si fuera desnudo enseñaría menos. Luego la chaqueta; con la chaqueta ya no está la reina para colores. La camisa. Su vello, largo, lacio, como la crin bien cepillada de un pura sangre.

Las dos chimeneas del dormitorio arden con estrépito, compitiendo entre ellas. Incluso así, al verse desnudo, Francisco se eriza.

—La Granja es un palacio para las jornadas de estío —dice.

Si presto atención, puedo escuchar el borboriteo de las perolas sobre los fogones de hierro, unas paredes más allá, en la casa de las cocinas. También el bufido de los potros, que abrevan en el edificio al otro extremo de la plaza.

—¿Qué es esta cama sino el verano entre todos los hielos que me rodean? —digo.

Y no quiero pensar en las letras que me ha puesto el mala-sangre de Juanillo Donoso, pero pienso:

Esto es Babilonia: entre tantas noticias nadie sabe cuál es la verdadera, aunque yo me inclino a creer que todas son a un tiempo verdaderas y falsas, verdaderas un día y falsas otro.

«Las noticias» son que la reina ha dejado al rey por el general bonito. Si no regreso, Paquito amenaza con El Pardo. El jefe del Gobierno amenaza con traer de vuelta a Narváez. Narváez, con levantarle el destierro a la reina madre, doña María Cristina, con marido y todo. Se amenazan unos a otros, y todos acaban amenazándome a mí.

Es ahora cuando siento frío, y eso que Francisco está tirando de los bajos de mis telas.

—Echa más leña —le digo.

Él termina de quitarme la ropa y luego coge unos troncos. Aviva el fuego.

—Échalos todos. Que no quede ni uno.

Un trueno. Con él vienen los relinchos de los potros, desde las caballerizas. Han de ser los potros, sí; se asustan más porque no han vivido lo que han vivido las yeguas, que han vivido lo suyo y lo de los demás.

Puede que tengamos tormenta.

Lo aguardo y, cuando va a tumbarse sobre mí, me escurro apenas media arroba para rodar encima de su cuerpo y que quede debajo del mío. Soy yo quien lo monta a él. Se sorprende de todo lo que sé, de todo aquello que hago y de todo aquello que quiero que me haga. Ante su desconcierto, le digo:

—La imaginación es un arma poderosa.

Se lo digo a un soldado, a un senador vitalicio acostumbrado a comprar la voluntad, a pagar para que se ajusten realidades y pensamientos.

—Hay hembras que entienden antes de que llegue la hora de que entiendan —dice.

Y yo creo que, en ese momento, él ya conoce que ninguna otra hembra sabrá como yo. Entenderá como yo.

Ha vuelto el calor. Las paredes, cubiertas de tapices, cuadruplican la temperatura. Serrano, abajo. Su crin contra mi crin. A nuestra izquierda, el primer tapiz de la serie «Historia de David y Betsabé», el del baño de ésta ante los mismitos ojos del rey. Enfrentado a él, uno de los paños de la colección «Los Honores». El de la *Prudencia*. Oro, plata y seda, tejidos en sus lanas belgas para que la reina y el general se encamen sin otra urgencia que la del deseo. Serrano y yo somos una puntada más de ese tapiz donde la Prudencia permanece sentada, en medio de dos viejas chochas.

—¿No te recuerdan a doña Victorina y a la marquesa de Santa Cruz? —había dicho Francisco, con socarronería, al cerrar la puerta de la habitación tras de nosotros.

Están flanqueando a la Prudencia, joven y bella, con una serpiente reposada sobre su coño. Y el soldado más abajo, mirándola de perfil con el asta al cielo. Y luego las otras damas, de mucha menor edad, que corren y chismorrean. Nosotros, Serrano y yo, estamos ahí.

Somos imprudentes.

Hemos de serlo para poder instruirme en el pecado, en el dolor, en el placer; en la culpa.

—Reza —me había dicho sor Patrocinio antes de mi casorio—. Cuando el rey haga valer sus derechos, estaré contigo en espíritu.

Y entonces rezo, cuando yo hago valer mis derechos sobre mi rey, el general don Francisco Serrano y Domínguez, el ángel del Señor anunció a María y concibió por obra del Espíritu Santo, Dios te salve, María, me mojo entera, el Señor es contigo, contigo ha de estar Nuestro Padre Celestial cuando me abro y tú entras y me palpita el corazón en el hueco del virgo. Y cierro los ojos y sor Patrocinio también está allí, en medio de los dos, me abraza. Me recoge entre sus llagas. Besa las mías. Besa donde él está haciéndome daño. Y ya no hay dolor adentro, hay aguas que arden, su calor me quema. Ha de ser en ese lugar y en ese instante cuando entiendo que siempre tendré el diablo en el cuerpo. Y gozo.

Arderé con mis pecados.

Yo aprieto más. Él aprieta más. Reñimos en este apretujón, una potrilla castaña de dieciséis años y un caballo rubiales que tiene más de dos veces la edad de ella. Llevamos recorridas dos vueltas de hipódromo, tres mil varas de distancia, pero aún nos queda un buen trecho. Y él aprieta hasta los corvejones. Y yo río. Francisco se asusta, porque sabe, ahí, en esos dientes míos restallando carcajadas, que él ha sido el camino para que alcance yo la verdad y la vida. Sabe que toda mi vida buscaré el placer, que no haré otra cosa, que no sirvo ya para otra cosa que no sea desquiciarme gozando hasta morir. El placer llamará al placer, a gritos, a cuchilladas.

No me derrocará el mismo Serrano en la batalla de Alcolea, años más tarde. La reina será depuesta en La Granja con esa revolución de la carne, sólo quedará la mujer. La hembra.

—Adiós a doña Isabel II de España. Que vuestra majestad tenga buen viaje.

Creo que lo digo, en voz alta lo digo; desconcertado, se detiene, le digo no, no, no te detengas ahora, y él disfruta como nunca cuando avanza de nuevo, lo dice, jamás he gozado a una mujer de esta manera, la que será su legítima tendrá que enfurecer al saberlo, porque eso se sabe, se sabe, que no habrá un goce tal después de la reina. Y la pequeña de dieciséis años grita para que se enteren todos, los que están y los que están por venir, celebrarán mi felicidad todas las generaciones, *ora pro nobis sancta Dei Genitrix*, y es su grito un grito de guerra, de triunfo, de lujuria. Entre los gritos lo besa, no sabe cómo se besa pero lo besa, él ya está perdido, también la besa, con el alma boquihúmeda besa a esa niña que hace lo que aún no ha podido aprender, que sabe hacerlo cuando hay que hacerlo, se hace más deseable incluso con ese miedo que la niña le nota donde antes había, más que pasión, arrogancia. Chupa su cuello y se lo succiona como un bebé, una y mil veces me pesa haber injuriado a vuestra majestad adorable, y haber clavado en vuestro amabilísimo corazón otras tantas espadas como culpas he cometido contra vos, y entonces ella se retira, la verga a punto de salirse, y entonces entra de nuevo, resbalándose con parsimonia, la cara del Enemigo enrojece, ella no sabe qué será lo que está haciendo pero lo hace y él se derrite muy abajo, se derrama, Dios te salve, María, llena eres de Gracia, justo cuando la pequeña María Isabel Luisa toca el aura celestial de una monja, que, desnuda, es transportada por el demonio a través de los aires.

El caballo, perteneciente a la cuadra de la reina, llega el primero; cuatro vueltas de hipódromo, seis mil varas de distancia. Pero sabe aguardar un segundo a que cruce la potra. Cuando termino, de un salto me pongo de pie sobre el enlosado.

—Toma —le digo, antes de darle abrazos y besos.

Le he entregado un tarjetero de oro, con ocho diamantes que dibujan la letra «F». Era un regalo de doña María Cristina a su esposo, el señor duque de Riánsares, don Fernando Muñoz. Estará por los cuarenta mil reales.

—Para mi amado —lee Serrano.

Se lo sustraje a mi mamá antes de echarla de España. También Francisco empieza con «F».

13

Doña Isabel II de España era una reina constitucional, según me decía Serrano. Con la nueva Constitución de 1845, esto significaba que el Senado era de entera disposición regia, *amos*, mía, y que entre otras tantas prerrogativas tenía yo la de convocar las Cortes, vetar los acuerdos del Congreso de los Diputados e incluso disolverlo. A más de nombrar y apartar libremente a los ministros. Huelga decir que esto último era lo que más ilusión me hacía: mandarlos a todos a hacer puñetas para quedarme de jefa del Ministerio, de reina. De generala.

Lo peor era que esos conocimientos me llegaban ahora, que estaba casada con Paquito el melindres. Por eso a mí no me habían instruido en leyes y asuntos de importancia, para que no los echara a todos a botinazos.

—Serás mi Espartero —le dije a Francisco.

—Espartero no tuvo lo que hay que tener para subyugar a las instituciones locales. Ésas son las que tienen el verdadero poder; no lo olvides, Isabelita.

Lo miré embobada. De puro orgullo, se me escapó un suspirito que yo envié *pá* su casa, como decía la coplilla. Francisco estiró uno de mis pezones hasta donde yo no imaginaba que un pezón pudiera llegar.

—Fueron ellas y la prensa las que se le subieron a las barbas.

Desde que tuviéramos relaciones adentro de palacio, no habíamos vuelto a intentarlo. El interior de La Granja se había convertido en otra letrina maloliente, un palacio de Orines igualito que el de Madrid pero en chico.

Por doquier pululaban los facinerosos, que se dejaban amojamar en mi mesa, los clérigos, las monjas, los gacetilleros, las autoridades segovianas, cuántas, Señor Jesús, prendidas todas del alfiler del presupuesto, y aún peor, los intrigantes: los que enviaba el gobierno, los mariacristinos, los carlistas, los de mi esposo, el rey, los del Patriarca de Indias y la bendita madre de todos ellos.

El vivir palatino era un sinvivir de furibundos patriotas, una corte birriosa de menestrales donde sobresalía por mérito propio la marquesa de Santa Cruz: moderada, mariacristina, carlista, francisquita de Asís. Se encampanaba en cuanto me veía al lado de Serrano y, en menos que canta un gallo, le iba con el chisme desde el gobierno al rey de Roma.

Como yo era más lista que ella, al salir de palacio cogía el camino de las esfinges de plomo hasta bajar las escalinatas. Ya en los jardines, me esforzaba en distinguir su traje negro escondido tras la fuente de la Selva, lo que aprovechaba yo para graznar como un pato asilvestrado o balitear como un corzo —el sonido me lo había enseñado de niña el general Espartero—. Hecha un comistrajo, corría a grito vivo como si una tropa de cien soldados fuera a desvirgarla. Entonces echaba a correr también la reina, entre el trajín de faldas al rescate de la santa. Y, con el barullo, se ponía a salvo al otro lado de la canal, escabullida puente abajo, luego de haber besado al amorcillo caído, al que pisa el ángel bueno. Le dejaba la boca con pringue de babas, untuosa de cariños, porque cincuenta zancadas más allá estaba el cruce que daba a la casa de las Flores, el refugio donde los guardabosques protegían sus aperos en invierno.

Allí aguardaba la niña María Isabel Luisa a su general bonito cada sobremesa, repleta de judiones y cochinillo asado. Eructando. Ansiosa porque él la saciara aún más. Tres platos de judiones. Dos de cochinillo. Un entrecot de choto. Seis onzas de chocolate. Y Serrano.

El invierno y las nieves podían durar siempre.

—Cuéntame también lo de moderados y progresistas —le dije—. Cómo puedo hacer para distinguirlos.

Fue en la casa de las Flores donde yo me instruí en un decir Jesús. Esquinados al suroeste, para evitar la ira de los vientos de San Ildefonso, mi general bonito me explicó que ambos eran monárquicos, pero que los unos opinaban que mi augusta persona le debía el trono al pueblo, a las turbas que habían defendido mis derechos frente a mi primo, el llorica de don Carlos María Isidro, mientras que los moderados sostenían que era la reina quien otorgaba sus libertades al pueblo, por lo que me debían lealtad.

—Entonces yo soy moderada, Francisco.

Algo de esto me había adelantado ya el moderadón de Pedrito Egaña, que besaba allí donde pusiera los pies mi muy querida mamá. Sin embargo, hasta que no lo escuché de boca de Serrano no llegué a entender lo que esa información valía.

—El poder es uno —me había dicho la regente justo después de mi casamiento.

Por supuesto, no se refería al mío sino al suyo.

Con Istúriz fuera de la presidencia del Congreso, me aconsejó ella formar un nuevo ministerio presidido por el duque de Sotomayor, don Carlos Martínez de Irujo. Con Bravo Murillo en Gracia y Justicia, Ramón Santillán en Hacienda y, en Guerra, el cantatriz de Manuelito Pavía, marqués de Novaliches.

—Los moderados, movidos por doña María Cristina, te dieron esa Constitución porque confiaban en que abandonarías tus funciones en sus manos —dijo Francisco.

Estaba desnuda de cintura hacia abajo. La chaquetilla y la blusa puestas, aunque el pecho izquierdo quedara al aire. De mi busto, era el más grande, con diferencia. A él, su pezón endurecido, lo perdía.

—Pues ya no soy moderada, ea: progresista y progresista —dije haciendo pucheros.

Mi general me apretujó contra él, lo que aproveché para estrujarle bien las nalgas; se me hace a mí que unas nalgas así de rebonitas tienen que venir de cuna. Él sí que estaba desnudo entero ibero, y ni con ésas su verga entraba en achiques.

—Francisco, ¿tú eres progresista, como yo?

Había diez lumbres alimentadas con carbón de cisco rodeándonos. Desde nuestra altura, podía verse la nieve sobre las secuoyas que flanqueaban la entrada.

—Convendría que regresáramos a Madrid. Tú puedes con lo que puedes, Isabelita. España. No hablo de divorcios ni de la Iglesia, hablo del pueblo, que te quiere.

Era verdad que me amaba; no se hartaban de regalarme vítores y olés en las corridas, las calles... Incluso una madrugada se había subido al coche un mocetón con el sombrero gacho, propio de los flamencos. Luego de enjaretarme un achuchón, me lanzó un requiebro:

—¡Qué hermosa está la perita tras el casorio!

Yo ardí de gusto. Estuve a un tris de dejarlo conmigo, adentro del calesín, y que hubiera pasado lo que tuviera que pasar.

Con la mente en las oportunidades perdidas, quizá me diera por clavar mis uñas en las nalgas serranas. Porque Francisco dio un respingo, sonriéndome las puso más duras, como cuando montaba a uno de los alazanes de mis caballerizas.

—Ya te indiqué que nunca entraré por el divorcio; si tal hiciese tendría un remordimiento eterno —dije.

Al bajar las manos y palpar el inicio de sus muslos, noté unas sequedades, igualitas a las de mis escamas.

—Qué tienes ahí.

—Unas heridas que no se cierran. Se me abren, se me enquistan, parecen secarse, y vuelta a empezar.

—Pues a mí se me han ido. No me ha quedado ni una. Tu verga ha sido mano de santo.

Tomé al santo y lo introduje entre mis ingles.

—Isabelita, mucha carrera lleva este pura sangre.

—Y las que le quedan —dije—. No cruces apuestas, que te gano y te quedas sin premio.

A lo que parece, Francisco tenía la costumbre de parlotear en los encabalgamientos. Que si sería bueno regresar a la Villa, que si ya sabía yo lo de que mi señora madre andaba tanteando a las Francias de Luis Felipe para forzar mi abdicación, a favor de mi hermana y de su marido, el señor duque de Montpensier.

—Para doña María Cristina, la infanta Luisa Fernanda es la imagen de la perfecta casada —dijo, las riendas bajas, muy firmes, llevando la potrilla al trote.

—Estamos en lo que estamos, demonios —dije yo, aquí y allí, en ese punto del amor en que estás en todos lados y no estás en ninguno.

Ahora las riendas en alto, el animal que hocica. Jinete y cabalgadura al galope. Al galope. Al galope.

—Algún día habrá que volver —dijo, dejándome liviana, sin su peso.

A mí, en Madrid, no se me había perdido nada. La capital, con sus vanidades de costumbre, se me antojaba un señor de levita. La Granja, en cambio, era un aguador con sudores que te daba de beber sin preocuparse de si había para los dos. No había querido volver a Madrid, no, aun teniendo conocimiento de los tejemanejes de mi señora madre, de su marido, del mío, de Donoso. Acerca de éste, mis informantes se habían hecho en París con el contenido de una de sus cartas, dirigida a don Fernando Muñoz, a la sazón el amado de mi mamá.

—Se hace necesario soltar la presa —escribía en ella.

«La presa» era yo. Tal vez entendieron tarde que la presa, ya sin escamas, andaba suelta.

Muy suelta.

Lamí el bigote de Francisco. Y le hubiera lamido hasta las entretelas una vez más de no ser porque principió a vibrar el llamador de hierro blanco del portón. Tres toques. Silencio. Dos toques. Silencio. Un toque. La señal de que mi prima, la infanta doña Josefa, traía noticias de urgencia.

—El ministro de Guerra ha nombrado a don Francisco Serrano y Domínguez capitán general de Navarra.

Lo dijo trastabillando entre la oscuridad de los picones consumidos. Sin mirarnos, pues cuando veía un desnudo tenía que santiguarse y rezar diez avemarías.

—Me las van a pagar todas juntas —dije.

Me incorporé con el furor de los corderos que ven venir al lobo disfrazado de pastor.

—Arriba, Francisco, nos vamos a Madrid.

El gobierno quería alejarlo de mi lado. Y nada menos que a Navarra, que no sabía yo muy bien por dónde quedaba pero debía de quedar lejos.

—La nuestra es una monarquía de sainete —dije, camino de vuelta a la capital—: todos son reyes menos yo.

Dadas y bien dadas las tres de la tarde, atravesamos la plaza de Oriente en dirección a la de Armas. Los cascos de los caballos, papel de lija.

—Por la verja de honor —ordené—. Doña Isabel II los empitonará de frente, con la cabeza bien alta.

Las columnas jónicas, las pilastras creo yo que toscanas, la gran cornisa con balaústres, parecían las mismas de mi partida. Pero no lo eran; el palacio era otro porque la que iba a entrar en él era también otra reina. Una reina que venía a fastidiarle la siesta al duque de Sotomayor.

A las cinco de la tarde, como en las corridas buenas, me había merendado al ministerio antes de entregar el poder a Joaquín Francisco Pacheco. Después le dije a Joselito, marqués de Salamanca, que se dejara de encamadas y se viniera corriendo a palacio. Acababa de nombrarlo ministro de Hacienda. A continuación me quité los chapines y, descalza, corrí con ellos en las manos tras el intendente de palacio y la marquesa de Santa Cruz.

—Afuera he dicho. No quiero que os dejéis ni vuestra mala sombra.

Cómo bajaban la escalera los réprobos, hasta los leones de piedra parecían empequeñecidos ante tantos cabellos enfierados. Y eso que la señora marquesa andaba con desengaños de médicos y boticas, sin encontrar alivio para sus reúmas de rodilla.

—Y mucha agua de carne de ternero, con hiel de buey —les ensarté en las espalditas moderantonas—, que viene muy bien para el sarnazo.

14

—Has tenido de maestros los siete pecados capitales.

Me lo dijo Paquito cuando supo que yo había mandado a Ortega que sacara toda la ropa y los muebles del rey de mi alcoba, y que los trasladase al cuarto que tuvo el señor duque de Montpensier. Le sugerí entonces que, si no le agradaba la nueva distribución de palacio, se marchara a París.

—No —dijo—. Tengo aquí un empleo, el mismo que tú puedes perder.

En su mano derecha movía arriba y abajo una pastilla de jabón de veloutina, de la casa Violet. Ortega la había sacado de la cámara real junto con las demás pertenencias de mi esposo.

—Nada me importan ni mi empleo ni el tuyo —dije.

Me estaba comiendo unos chocolates a manos llenas, mis diez dedos parecían uno solo; chupeteado.

—Si crees que perderlo es divertirte en la Francia, te engañas. Ahora la cesantía lleva consigo la miseria o la muerte.

Qué ganas tenía Paquito de meterme un tiro entre los ojos, de esos que no dejan que los abras más aunque te cure la herida la mismísima Corte del Cielo.

—Isabelita, recobra la cordura: las mamás de bien no quieren ir con sus hijas a donde la reina concurre.

En las semanas que llevábamos en Madrid se había hartado

de repetirme que él podía consentir un favorito pero no este capricho sensual publicado a los cuatro vientos, día sí día también, como los folletines románticos de a real. Los rumores sobre la reina y el general Serrano pasaban de boca en boca, de corrillo en corrillo, de la taberna a la tertulia, de los colmados a las carbonerías. Del teatro del Príncipe a los toros, donde los más gritaban mueras a doña María Cristina y a Narváez, y vivas a la reina constitucional y a Serrano. Luego venían el *Himno de Riego*, piropos. Flores.

—¡No hay limpiabotas ni mozo de cordel que no te diga dónde estuviste ayer noche, quién te acompañaba, cómo y por qué! —terminó exclamando Paquito, con tres lágrimas moqueras.

Y se ve que, del arrechucho que le dio por la llantina, el jabón de la casa Violet se le escapó de la mano para echarle el cerrojo a su ojo diestro.

—Eres una reina para chismes de verduleras —sentenció antes de irse con su ojo a la funerala.

Cosa que a mí no me ofendía. Pues, al parecer, el pueblo de la Villa disfrutaba viendo gozar a su reina. Porque a mí se me notaba en el cuerpo que estaba gozando, a rabiar. Se me habían ido los picores, y de las sequedades con escamas sólo quedaba una especie de brillos que no perjudicaban mi hermosura, igualito que si por la noche me hubiera cubierto la piel con cerato, pomada de cohombros o agua aromatizada de Ninon de Lenclos para amanecer con el lustre de los encamados. Fue con Serrano con quien aprendí que el mejor afeite contra las irritaciones de adentro era refocilarte en las exhalaciones particularmente gratas del amante. Y es que el cuerpo humano secreta unas sustancias tan gustosas que te dan ganas de no beber ya otro líquido que no sean sudores y humedades bajas.

Lo pienso ahora e, incluso muerta, me relamo.

A todas esas relamidas les pusieron nombre *El Correo Nacional*, *El Heraldo* y el *Eco del Comercio*, apodándolas «la cuestión de palacio». También a Londres llegó el chisme; un redactor del *The Times* escribió por esos días:

> En poco tiempo Isabel ha cambiado, y de niña harto débil para resistir las groseras y arbitrarias exigencias de la camarilla que la rodeaba ahora la vemos mujer enérgica, impetuosa, sufriendo apenas que su voluntad sea reprimida. […] No es sorprendente que la reina Isabel sienta con toda la energía de su naturaleza un ultraje que hace meses era muy débil para combatir, un matrimonio condenado a una eterna esterilidad.

Le dije al embajador británico, sir Henry Lytton Bulwer —lo llamaba *ser Balgüer* porque a mí su nombre se me echaba a dormir en el gaznate y de ahí se negaba a subir—, que no sabía yo hasta qué punto me amaban los ingleses.

—No es amor, señora. Es animadversión hacia don Francisco de Asís —me respondió.

Fuera como fuese, los tenía de mi parte.

—*Welcome* —le dije.

Eso sí me lo había aprendido requetebién.

Welcome a la reina que no había vuelto a oír misa, que se iba a la cama cada vez más tarde, de tal modo que cuando se acostaba ella se había levantado ya el rey. A eso de las siete y media u ocho.

—Llevas vida de bailadora —me decía Paquito.

De bailadora, de fusilera, de hembra que hacía despertar la primavera allí donde ponía los talones.

—Ten cuidado no te vaya a pasar como al caballo de Atila —me soltaba en el desayuno.

Antes de acostarme tenía yo por costumbre recenar una

tercera vez, desayunar y redesayunar, a ser posible en una única sentada. Con los pies enrojecidos de hinchazones y agotamientos, pues por donde yo pisaba crecía la hierba, la dicha, la algarabía de una España dispuesta a morir por su reina si hiciera falta.

En esa primavera fui tan dichosa que no podía con mis carnes. La felicidad, ahora lo sé, pesa. Tanto que, para alejarme por un día de los vítores, las saetas a mi augusta persona —que me hacían reír no poco— y las flores lanzadas adentro del carruaje real como si se tratara del palio de una virgen de cuchipanda, le dije a Francisco que íbamos a echar unos tintos y unos corderos en horno de leña a casa Botín. Con tanto gentío aguardándome a la entrada y a la salida del restaurante Lhardy, el número 8 de la Carrera de San Jerónimo se me antojaba una placita de Armas o de Oriente cubierta de guardias reales que querían tocar a la reina.

—Que Dios proteja a vuestra majestad.

Me decía el paisanaje tirando tanto de cualquiera de mis manos, mientras se agachaban frente a mí, la cabeza en los adoquines, que me tenían baldado el espinazo.

—Que me proteja, sí. Pero que antes me deje comer, puñetas.

Y tenía que abrirme paso a empellones de busto y cadera, pues Serrano sólo sabía ponerse firme de cintura para abajo.

Era la noche del 4 de mayo; lo tengo presente porque en la mañana del 5 Joaquín Francisco Pacheco se vería forzado a suspender las sesiones del debate presupuestario, por falta de quórum. Ése sería el principio del fin de mi ministerio. Venía con nosotros el marqués de Salamanca con su pindonga de turno. No habríamos tomado asiento aún en la esquinita de los candiles, un aparte del comedor de Castilla, cuando Joselito empezó a darme la murga con que le comprara unos cuadros que habían pertenecido a la duquesa viuda de San Fernando;

por ellos había dado a cuenta un talón del Banco de Isabel II. En total, un millón de reales.

—No quiero pinturas; lo que quiero es una línea de ferro-carril de Madrid a La Granja y otra de Madrid a Aranjuez. Estoy harta de llegar a mis palacios desnalgada por el balanceo del coche.

Mi corresponsal desde París me había escrito que ojito con Salamanca: andaba con el señor duque de Riánsares en el negocio de la bolsa y en el de los ferrocarriles. Sin embargo, tonta de mí, me negué a creerlo. Pensaba yo que lo suyo era buena vecindad; no en vano ambos residían en sendos palace-tes de la calle de las Rejas, con una entrada principal de día por la plazuela de los Ministerios.

—De los pechos ya ni te cuento. —Vi venir hacia nosotros a Gertrudis Gómez de Avellaneda, así que acuclillé mi dis-curso—. Al bajar, no los hallo por ningún lado. Como si se me hubieran ido desprendiendo a trocitos, con los saltos de las ruedas sobre los pedruscos.

—A todo hay quien gane, pero a ésta no la gana nadie a fea —dijo Joselito.

Con voz también menguada, sin quitarle ojo al escote de tules negros de Tula. Fea y todo, lo suyo no dejaba de ser un escote. De luto, pues Tula —así llamábamos a Gertrudis sus íntimos— era la señora viuda de Sabater. Tiempo atrás había perdido también a su hija, de meses.

Desde su salida del convento de Nuestra Señora de Loreto, hacía no pocas semanas, no había vuelto a ser invitada a las veladas musicales de palacio, en que acostumbraba a recitar sus poemas.

—Muy alegres tiene la diosa Perséfone a estos comensales —dijo ella, cuya mejor virtud era la de hacer como que no oía lo que había oído y bien oído.

En ese momento reparé en que acompañaba a la de letras

otra mujer, el cabello suelto hasta la cintura. Algunas ondas abandonadas por delante, ocultando medio pómulo de lo que parecía un rostro caballuno. Los ojos, saltones, a media vara de distancia del cuello. En lugar de vestido, se me hacía que llevaba unas gasas melancólicas sujetas con un cordón. Toda ella era amarilla: la tez, la ropa. Los dientes. No dejaba de sonreír como si estuviese lela.

—¿Una mujer de Iglesia? —pregunté.

Y creo recordar que, con la pregunta, me aguijoneó el oído el pájaro del reloj de cuco a mi espalda. Del susto, me entraron ganas de liarme a mordiscos con los adornos geométricos de los azulejos de la pared: unas teselas de cerámica la mar de coloridas.

—Majestad, tengo el honor de presentarle a lady Emmeline Stuart-Wortley —anunció Tula haciendo caso omiso a mi demanda.

Desde el *leidi* tenía yo las pupilas en las pupilas de Serrano, que no contemplaba a la pariente de la reina Victoria con interés militar. Hombres. Una mula como tísica, de busto escurrido, también les sirve para sus fuegos.

La *leidi* figurineó su flacucho contorno en lo que a mí me daba que componía una reverencia brevísima. Como la reina se mantuviera callada e inmóvil, Tula —que, del frecuente trato con doña Isabel II, había llegado a poner confianza y estima en Ella— prosiguió:

—Es escritora y viajera.

No dije ni mu. Salamanca hizo amago de soltar alguna gracieta de las suyas, pero sólo le dio tiempo a eso, al amago, antes de que yo le estampara un tobillazo en la espinilla.

Silencio. Las dos frente a nosotros. La *leidi* con ojos de liebre que ha escapado de un coto para ir a dar —no sabía ella— con otro coto peor. Silencio. Y la *leidi* que repara en Serrano y que luego repara en que yo llevo rato reparando en ella y en mi general, que no deja de reparar en ella. Y la poeta de cámara, Tula, que no puede reprimir una sonrisa de que también ella ha reparado en que la reina ya no quiere que la de las viajatas por las Españas repare más.

—Vuestra majestad no está muy viajera, últimamente —dijo, más para ella que para mí, Gertrudis.

Tula acababa de irse a hacer puñetas.

—Te equivocas —le escancié en el entrecejo con no poca salivilla—; mi general y yo nos metemos unos viajes de órdago.

Silencio. Y la *leidi* que torna su sonrisa en una mueca como triste. Se me antojaba a mí que era la de alguien que no entiende lo que le dicen y que anda loca en traducciones y literalidades.

—Pobres ingleses —sentencié como si me hallara sola en el restaurante—. Vienen a España a intentar comprender a un pueblo que escapa a toda comprensión.

Silencio. Y luego el silencio peor: el de los ecos de la jarana de un grupo de comensales, una planta abajo. Y todos que miramos en dirección a las escaleras, como si prefiriéramos estar con ellos. Todos menos Francisco, ni así parecía enterarse de mis tormentos: a la inglesa se la tenía aprendida de memoria. De la A a la Z.

—Cuentan que el cordero asado de Botín compone endecasílabos en el paladar —dijo la de Avellaneda.

Sus negruras, rígidas como ataúdes.

—Pues dale algo de esos versos de fogones a esta amarrida, que tiene cara de andar con angurrias —dije con sorna.

Del sofoco de los celos me brillaban hasta las varillas del abanico. Mira tú por dónde tenía que ser de la batalla de Trafalgar.

La semana anterior *ser Balgüer* había aparecido con él, en palacio.

—Un presente de la reina del Reino Unido de Gran Bretaña e Irlanda y emperatriz de la India, para vuestra majestad.

—Muchos títulos son ésos para tan poco abanico —dije yo.

De lo pequeño que era había que esforzarse para descifrar el dibujo.

—Isabelita, te la han dado con queso —había dicho Serrano esa noche, al verlo, antes de entrar en casa Botín—: es la batalla de Trafalgar.

—¿Y qué? —había interrogado la reina.

—Que los ingleses nos hundieron el orgullo.

Me encendí aún más, lo confieso.

—Pero id a sentaros a vuestra mesa, parecéis estatuas de sal —dije abanicándome con un furor espantoso—. De veros de pie, me están doliendo a mí vuestros juanetes.

Y entonces sucedió algo que recordaría en mil vidas que viviese, la inglesa habló en un español de Madrid:

—Los pies ingleses nada tienen que ver con los españoles: pequeños y, por lo que puedo comprobar, penosamente anchos.

Serrano y el otro se rieron con la boca a desencajos. Sus labios, tintos.

—Penosamente —repitió Salamanca, que desde que lo había hecho ministro de Hacienda repetía mucho las cosas.

—Es más castiza que tú —apostilló Serrano dando un golpecito en la mesa, con los nudillos, como los que daba cuando nos conocimos.

A mí que se riera Salamanca no me importaba ni un tantito así, pero sí que se tronchara Francisco y, a más, que la mirara como la miraba: con la entrepierna. Eso no se lo perdonaba yo.

—Ésta ya no cumple diecisiete primaveritas —dije, mirando a mi general, mientras apuntaba a la *leidi* con el abanico—. Adiós, Perséfone.

Acto seguido le di cierre al mismo con un único golpe de muñeca.

Vino el mozo con un primer cordero. La inglesa, con los ojos degollados del animal.

—Algún día tampoco cumplirá usted diecisiete años, señora. Y tal certidumbre no la dejará vivir —me dijo.

Herbívora. No le saqué las tripas allí mismo porque Gertrudis hizo como si la que no hubiese oído lo que había oído y bien oído fuera yo.

—Se hace tarde para nuestros versos.

Y volvieron los negros tules y las gasas amarillas hacia las escaleras.

—¡Que las pongan bien lejos! —le ordené al mozo.

A grito vivo para que me escucharan las dos mozas.

—¿En la última planta, señora? —preguntó él, con menos espíritu que un Judas traidor.

—En la última planta. Y después vas a la taberna y cuentas que cagó la reina en la amanecida.

Y el pobre lambión echó a correr como si lo tuviera por enemigo de fusiles el mismísimo Narváez.

15

Con los calores de finales de junio el general y mi augusta persona nos alejamos de Madrid. Nos habíamos quedado sin meretrices que nos jalearan; abandonados hasta por la puta de la Gran Bretaña que un día decía *yes* y al otro *no, no, no. Balgüer* había dejado claro que desde ese momento sería *no*; la razón era que el partido moderado tenía trinchada a doña Isabel II por los bajos.

Por lo que parecía, a la tontaina de los borbones podía consentírsele ser reina, incluso generala, pero no jefa del Ministerio.

—Majestad, tocan tiempos de sacrificios. Vuestras desavenencias maritales son ahora el enemigo de España —fue lo que dijo el embajador.

Y yo no dije nada. Ya lo había dicho todo la reina Victoria, que me pedía la reconciliación pública con mi esposo, el rey. La misma Victoria del abanico de Trafalgar, sólo que con el verano espoleándole la entrepierna.

También Francisco andaba de perrengues y ofusques con el estío. Que si él sólo miraba por mi bien; que si estaría pronto a darse muerte por su propia mano si esto me fuera grato; que él antes enterrado vivo que verme a mí en un renuncio. De muerta, he comprendido que con los calores se dicen cosas que no se dirían con los fríos, porque la falta de ropa desnuda también el seso. Los dos sesos de Francisco, el de arriba y el de abajo, estaban quedándose pelongos en Madrid, hechos agua chirle de jarana o en las representaciones del teatro del Príncipe; en nuestros encuentros amorosos, a pique de un patatús.

Notaba yo su angustia en el bigotito rubio, que había amanecido patitieso. Y por sobre todo la veía y bien vista en su piel: presta a descamarse viva. Los muslos eran un puro despelleje; las espaldas y el torso, en plena erupción de eritemas.

—En Madrid me rodea la maledicencia, que me enferma —repetía.

ME.

De un tiempo a esta parte ya casi no había un nos sino un yo, yo, yo, yo, y en ocasiones un tú. Pero la reina, que gustaba de almorzar escamitas resecas de hombre, no se lo tenía en cuenta.

—Me haría bien tomar los baños de Solán de Cabras —protestaba él cuando le pedía repetir de sus pellejos.

A mí, que me había curado su hombría, me venían mejor los baños de su simiente; de la misma temperatura —se me hacía— que la del acuífero en que retozara el tragaldabas de mi padre, el rey, con su tercera esposa, doña María Josefa de Sajonia.

—Tarde o temprano habrá que izar la bandera blanca, carajo —dijo una madrugada luego de no haber podido hacerme las serranías de costumbre.

—Si es ése mi destino, que antes se ice otra bandera, Francisco, que no caiga.

Dejamos la Villa antes de que el mástil de mi general se vistiera de gallofero. Sin embargo, no nos fuimos a los baños de la serranía de Cuenca porque yo no buscaba sosiegos junto a las torcas labradas por un torrente. De pinos y jaras para el reposo ni hablar. Nuestro primer destino: el Real Sitio de

Aranjuez. Cómo iba a saber yo que en sus jardines intentarían que ondeara otro estandarte, el de la República, después de meterme un pistoletazo. Si hago memoria, de las veces que han querido matarme fue ésa en la que pasé menos miedo. Estaba dibujando con una navajita en el tronco de un olmo una «I» y una «F», dentro de un corazón, cuando escuché detrás de mí:

—¡Viva la República!

Yo con el mango de nácar empuñadito en la diestra. Me volví y ahí fue donde me dio la risa: delante había un hombrecillo que era cuarto y mitad de la reina. Si le hubiera soplado a dos cuerpos de distancia, habría echado a volar con sombrero y pistola. No sé por qué se le fueron los lentes a mi escote, que tenía yo más que al aire, y se puso con unos ajines que le dieron vida al arma. Fueron dos los disparos, creo, y dieron ambos en medio de mi corazón, el del dibujo. Con el agujero sorbiendo su centro, se antojaba la imagen de dos medias lunas que no llegaran a encontrarse jamás. Miré al de los lentes de la República; miré otra vez mi «I» y mi «F», sobé el lugar que habrían de ocupar antes de las detonaciones y el republicanillo medio miope pareció entender. Quise besarlo como si, al dejar que viera yo la inicial de Francisco y la mía hechas astillas, me hubiera advertido de otra muerte que iba a dolerme más que la propia.

Quise agradecerle su buena acción con dos besos bien plantados, es verdad, pero se hace muy difícil acercarse a un hombre que tiene a toda la guardia real encima moliéndolo a palos.

Francisco llegó a la carrera, con los cuarenta cabellos suyos de punta, como si le hubieran disparado a él. Las botas desgobernadas, ni hablar podía, y eso que aún no era conocedor de que más pronto que tarde sería calvo. Y ahí sí, ahí le daría un telele.

—Mañana dormiremos en el palacio real de La Granja —dije.

Y mi Serrano pareció respirar más suelto bajo la protección de San Ildefonso.

Ahora discierno que la letra «F» de mi corazón no sentía temor por lo que pudiera pasarme; lo que sentía era lo que pudiera pasarle a él. Tanto es así que barrunto que la primera y única vez que Francisco pudo dar muestras de valentía fue en la batalla de Alcolea, cruzando un puente para destronarme. Sin embargo, ni aunque hubiese estado enterada entonces de sus deslealtades y cagantinas hubiera podido dejar de quererlo. Y es que el amor al hombre de tu primera encabalgada es un amor de mandil; el único que te cubre, para siempre, desde el pecho hasta las rodillas.

Entre los setos de bolas de tejo de los parterres de La Granja, Serrano volvió a cubrirme de amores. Bajo las ramas de los tilos y los castaños de Indias de sus jardines aquel verano me tuvo tronadita ibera, tan tronada que no me enteré de mi desquicie casi hasta que me destronó. Con los besos de mi general bonito fui como ese terreno pedregoso que ascendía desde el palacio para caer luego hacia la izquierda, en dirección al cauce de un arroyo. Fui húmeda, dúctil, serpentina. Tan transparente para dejarme hacer y hacer yo misma que era más pura que el agua que la montaña traía hasta mis fuentes de ornamento. Surtidores de plomo que, según me habían informado, sin ayuda de bombas elevaban haces acuíferos hasta alturas por encima de las cuarenta varas.

En casi todas esas fuentes me amó Serrano, o lo amé yo a él. Pero fue en la de Andrómeda, el punto más alto de la ría, en el eje central de palacio, donde me aplastó con toda su virilidad arropado por un Perseo que aplastaba a su vez al dragón liberado por Neptuno. El monstruo, ya muerto, parecía más vivo que nunca. Igualito que la reina.

—De animal, ¿sería yo una dragona? —le pregunté a Francisco mientras él me ensartaba con su lanza.

—Los dragones no existen.

Lo dijo derramándoseme adentro. Y era justo ese instante en el que los héroes y sus mitos existían; las princesas, como Andrómeda, encadenadas a un peñasco existían; su salvador, Perseo, existía; y existían también las dragonas. Exhaustas. Era yo la prueba, boca arriba, mis talones sobre los omóplatos de mi hombre, él ya yéndose de mí pues su misión había sido conclusa y yo atrayéndolo otra vez hacia mi boca que echaba fuego. Cómo no iban a existir las dragonas si había fuego entre mis dientes y era yo entera una llama. Y aunque en ese punto del día, al caer de la tarde, se abrían las gargantas de las fuentes yo seguía con arduras, mojada de las mismas aguas del Paraíso, ardiendo como sólo se arde en los cuentos de mentirijillas. Entonces sí dejé que se separara el héroe porque también yo había dado término a mi tarea. Mi lengua era fuego. Mi sexo, brasas frescas.

Parece mentira que mi parterre, abrasadito, estuviera tan lozano cuando buscaba la noche. Quería más, y el agua de las fuentes en lugar de frío le daba calor. Serrano me contemplaba como sin comprender, su verga ya vestida. Mis dedos diestros, índice y corazón, iban y venían alrededor de esa parte carnosa que, saliente, enrojece con el deseo. Y vibra. Serrano cada vez más lejos de entenderme, yo cada vez más cerca de adentrarme en mí. Serrano que comienza a desabrocharme y yo que le digo que no apenas con un gesto de cuello; no puedo con nada más porque ya hablo con otra boca, que es la de abajo, y en ella me restalla una risa más vertical que este eje de Andrómeda que pasa por el parterre de la fachada y por el templete que lo divide en dos partes, Serrano tan milimétrico, empalmado, calculando digo yo la perfección de mi línea divisoria, y Serrano que se agarra su miembro y que tira de él

abajo arriba abajo arriba, con sus pestañas en esa canal que
será mi simetría; mientras, yo no tiro, deslizo, únicamente
deslizo, cómo explicarle que sólo quiero eso ahora: que fluyan
mis dedos índice y corazón por sobre mi vulva, y Serrano no
puede, veo que no puede, siento que no puede, quizá porque
sabe que yo sí puedo y que al poder sabré lo que me he perdido, que es mejor incluso que con él, mi mano izquierda se va
a mis pezones y los pellizca y los revienta y eso es lo que le
duele a él lo que ve en mis ojos vueltos atrás, la nuca separada
de la tierra, mis cabellos por el suelo, eso es lo que le fastidia
que yo esté bañada desde ahora con otras *expériences*.

Él, tan afrancesado, en lo sucesivo no volverá a mencio-
narme lo que se hacían las putas de Toulouse en plena calle;
en París, delante de sus narices. Y lo que le hacían después,
cuando él accedía a que le descubrieran sus misterios orales.
No se había ajumado cuando desarrollaba yo, con su nabo
adentro de mi boca, esos aprendizajes; no recuerdo que se
enfurruscara con la punta de mi lengua sorbiendo su prepucio
como sopa, silbando y mordiendo, igual que las rameras de
medio franco del puerto de La Rochelle.

—*Je suis putain.*

Me pedía que se lo dijera antes de untarme los labios, la
barbilla, la nariz, los pómulos, la frente, con lo que guardaba
adentro de sus compañones.

—¿A qué sabe? —preguntaba.

—A hombre.

Me relamía con la lengua estirada hasta desencajárseme, y
esperaba con ella fuera por si, remolona entre mis cejas, quedaba alguna gota que al poco caía, lenta y picaruela.

—¿A qué sabe lo mío? —le dije en un amanecer después de
ponerme a horcajadas sobre su cara de hombre.

Ambos recenados y vueltos a cenar de nuestros cuerpos.

Su tez se volvió de un amarillo yodo, luego me quitó de

encima a la vez que me instruía en que no, que no, que una mujer no sabía a nada. Era mejor que no supiera.

—Si una mujer sabe se jode todo.

Yo, en la fuente de Andrómeda, descubrí que saber sabíamos: a gloria; y que era preciso que supiéramos a qué sabíamos para poder dar algo más, para poder pedir mucho más de lo que recibíamos.

—*Je suis putain* —le dije.

Mis encías lamiendo la cresta del dragón, en cuclillas, frotando mis partes con su boca abierta de animal de plomo. Vi a Serrano alejarse por mi izquierda, todavía duro, sin poder, y él debió de verme ida otra vez más, las escamas de las mandíbulas del dragón doliéndome allí, en mi saliente rojo, en la carne de la vulva llena de agua, mojada también por fuera con la cascada, dentro del chorro, metida en él, sentada sobre las fauces de la dragona como si galopara. Y estoy allí porque sigo notando cómo me vuelven y es Serrano que se saca su verga y que me la mete y veo en su planta de caudillo libertador que darme gusto es para él un reto, una batalla a ganar, que ha de sentir que sola no puedo más que con él, y con esa intención hace más cosas de las que suele hacer, y dice más te quiero y más vida mías, ve que no, que no es ése el puente para derrocarme, y saca los cañones y dice más putas, más te descerrajaré en dos mitades como a una ternera, puta, y ve que sí, y me levanta los brazos, me los lleva por detrás a mis riñones, las muñecas juntas, apretadas con su puño, y él que se clava aún más y las púas de la cabeza del dragón, de la dragona, también se me clavan y hay agua a todo mi alrededor, hay agua, Serrano me hinca sus dientes, me rasga con ellos la piel de los pezones, los hombros, el cuello,

—dime que soy mejor que tú —me dice,

y tengo los arrestos de no decírselo, no se lo digo, no, no le puedo decir que con él es mejor que yo conmigo,

—dímelo —dice—, que esta vez es la mejor,

y tampoco se lo digo, le muerdo su mano libre, la izquierda, en el envés, me abofetea, me tapa la boca,

—*traînée de merde* —dice,

y ahí sí le digo

—es esta vez la mejor. No hay comparación, contigo, mucho mejor,

sale para meterse de nuevo haciendo impulso con sus pies sobre la roca que pisa Perseo, sable en ristre, tumbado sobre el animal, su ímpetu me duele, se lo digo

—dueles

y él continúa entrando y saliendo cada vez más fuerte

—cómo me dueles

y él goza con ese dolor que le digo, y yo gozo con ese dolor mío que es también su dolor de no saber si miento, si yo sola puedo más que con él, suelta mis brazos, con sus manos comprime mi cuello como una breva madura, hunde mi nuez, no puedo respirar, no quiero respirar, desorbito los ojos, y pataleo, pataleo, como puedo pataleo, él se hace trazas para quitar la mano diestra mientras saca su miembro de mí, se la lleva a él, le regala a su verga una mano de hombre y me deja a medias, sin poder tomar aliento, con la izquierda me aprieta el cuello como si fueran diez manos de hombre, veinte, un centenar, en lugar de una sola, su miembro arriba y abajo, empinado, lo odio ahí en ese momento y parece que es lo que él quiere ver: mi odio, y con mi odio llega su crema caliente, me estalla, espesa, en el ombligo, me salpica hasta el vello de mi coño como un afeite para peinarlo con suavidad; es la seda misma para el pelaje hecho nudos de amor del pubis.

—Ahora sí hemos terminado —dice.

Y me restriega su hombría por mis pechos. En el escozor de las llagas de los pezones.

Puaj, le escupo, corriéndome le escupo.

Y sé que no debo hacerlo, pero al soltarme de su apretón de hombre me abrazo a él.

—La mejor vez —digo.

Y lo peor de todo es que es la pura verdad.

16

Las noticias de Madrid no podían ser más preocupantes. Según me informaban, Ramón María Narváez parecía haberse recuperado de su quincuagésimo arrechucho de espíritu en Bayona y, si no había entrado aún, estaba por entrar en España. Narváez, que tan pronto reía como lloraba, venía con intención de hacer llorar a la reina lágrimas de sangre.

—Yo entro a meter en un puño a rey, a reina, a Serrano y a Serrana, y a amolarla a todos juntos, puñetas —me dijeron que andaba atronando a todo quisque.

Tampoco Paquito quería ser menos; envalentonado con el regreso del Espadón de Loja, había firmado un manifiesto en El Pardo en el que advertía del peligro de que el reino fuera vendido «traidoramente a pérfidos extranjeros».

—El puñal y el veneno me amenazan —había escrito antes de la rúbrica final.

No sé si los tiros iban más por la reina Victoria y por su embajador, *ser Balgüer*, o por mi señora madre, doña María Cristina, conchabada con Luis Felipe de Francia y los Montpensier.

Con el cocido tan revuelto, mis ministros no distinguían si eran chorizos o morcillas. Por eso se ve que para aclararse ellos mismos, y de paso para aclarármelo a mí, mandaron a un emisario.

—Vuestra majestad es una reina constitucional; el nuestro, un gobierno representativo.

Vino a recordarme aquél de parte del ministerio que yo puse, y que cuando lo puse estaba bien puesto sin esas ínfulas de representatividad que parecían azogarlo en esos días. Después de lo dicho ya no le dejé decir ni una palabra más, pues sabía lo que venía a decirme sin que me lo dijera.

—¿También vosotros queréis que me encame con ese latiguillas?

Y como volviera el correveidile con sus constituciones y con que el ministerio, en peligro de muerte, me pedía discreción en mi vida pública, me engañité:

—No quiero constituciones, demonios. Quiero un hombre que se vista como se visten los hombres, por los pies.

Por lo demás les dejaba hacer: si deseaban una constitución, que la tuvieran; una que a mí también me dejara hacer lo que me saliera de los riñones. Para qué era reina si no podía encabalgar a quien me viniera en gana, igual que todo hijo de vecino. No pedía más, puñetas, pero tampoco menos.

—Y no me vengáis más con la memez de que el ministerio se hunde, porque es como Paquito, como yo misma: no nos morimos ni a tiros —concluí.

Respecto de la muerte de mi esposo, había alentado yo ciertas esperanzas los primeros días de agosto. Por una noticia de un diario en la que se hacía hincapié en que el cadáver de un suicida, arrojado al estanque de las Campanillas del Retiro, aún no se había encontrado. Al enterarme del chisme, recé para que fuera el rey. Pues me hallaba por esa época a la espera de que, con el socorro de Dios y la protección de la Virgen, Paquito se muriera de un susto o lo sorbiera el retrete.

Como podrá entenderse, mi alborozo se tornó en augusta resignación con el manifiesto del rey, firmado en El Pardo.

En ésas estábamos cuando vino de visita Salamanca. Digo

de visita porque venir vino, pero no se quedó; lo eché con la entrepierna.

—Era un ganapán —dijo de Francisco—. Hoy, en cambio, lo vemos hecho todo un arrendatario; un señor prestamista.

Mira tú quién se acercaba a hablarme de medros: el mismísimo ministro de Hacienda, a quien había curado la reina de sus males bancarrotos con un banco entero para él. Sin embargo, de Serrano no podía creerlo. O no quería, qué sé yo.

Me cuesta reconocerlo: estaba tan cansada de dimes y diretes, de lo que habría de hacer la reina y de lo que no, que no supe qué responderle. Así que el marqués de las tabernas tomó alas:

—Te pongas como te pongas se te va a ir, Isabel. ¿O es que crees que está por comprarse las mejores tierras de Extremadura para criar contigo al heredero de España?

—Todavía no hay heredero pero lo habrá; y será de Serrano, puedes jurarlo —bufé.

—¿Quieres retenerlo incluso a costa de tu trono?

—No es la reina la que te preocupa, son los empréstitos del Banco de Isabel II.

Joselito no dijo nada, ni siquiera manifestó su probable desagrado con ademán alguno. Sin embargo, mientras se alejaba de mis faldas, me pareció ver que no era su sombra la que andaba junto a él sino la sombra de Narváez, que se me echaba encima. En efecto, mandándolo al cuerno, me equivoqué. Sólo un mes más tarde supe que le quitaba el sueño, y mucho, ser a un tiempo deudor y acreedor del Estado. Y que Narváez había sido más listo y más rápido que la reina: se lo había ganado con la garantía de sus intereses bursátiles y el ofrecimiento de inmunidad en los escándalos de corrupción en que estaba encharcado hasta las trancas.

No es derramar hieles decir que de don Ramón María Narváez aprendí que más importante que poseer cierta información es saber emplearla en el momento justo.

Cuando le dije a Francisco que había que buscar a otro para el Ministerio de Hacienda, que el marqués de Salamanca se había vuelto más mariacristino que mi señora madre, me respondió flemático:

—Reputo poco sólido todo lo que ahora vemos y oímos.

No me esperaba esto de mi Serrano. Me esperaba un «a más de chaquetero, mariquita»; o un «ya no quedan varones con v», que era una frase a la que recurría con más frecuencia de la deseada en los momentos de enfado supino, o en los de furioso amor, para demostrarme que no era él un varón con b.

Nos hallábamos en el punto central del Laberinto. Un bosquete con masas de arbolado limitadas por las avenidas rectas del jardín. Carlier lo ideó para ofrecer frescor y sombra, con árboles de mediano porte rodeados por paredes altas de carpe. Toda su espesura, tan francesa, se encontraba en estado salvaje. A través de ella el sol se descolgaba rama a rama para abrirse paso entre las treguas de mi vida, pocas y con embarres. Con la barbilla hacia arriba, el cuello tenso de los ahorcados, solía aguardar a que su último rayo llegara a la reina para ofrecerle el atardecer.

En la grisura de los ocasos todos los gatos son pardos; incluso cualquier gata con oficio de reina pasa por darle quince y raya a la más pintada.

En ese momento de la jornada en que la noche entra por los ojos, luego de la humedad que la precede, le tapaba los ojos a Serrano y, después de haberle hecho girar sobre sí mismo de cinco a diez vueltas, lo obligaba a que iniciara el regreso desde el centro del Laberinto, el lugar en que confluían sus ocho posibles caminos de salida. A menudo protestaba, aunque al final se diera por vencido y tomara cualquiera de ellos al desgaire. Sólo unas zancadas, tanteando con los brazos extendidos igual que un ciego sin lázaro.

Tenía prohibido desprenderse de la venda; así que, entre blasfemias, resoplaba al poco:

—Isabelita, tú ganas.

En cambio, ese día no parecía que fuera a ganar; me dijo que no estaba para juegos. Querría haberle preguntado si era por lo de Salamanca, pero la reina tampoco estaba para interrogantes cuyas respuestas pudieran disgustar a Su Majestad. A veces es mejor preguntar solamente cuando uno conoce que la respuesta agrada; cuando no, vale más el silencio. Por eso arranqué de un roble, de tronco derecho y limpio, un trozo de corteza resquebrajada con grietas del tamaño de un gusano y, con él, comencé a firmar en el suelo de tierra crujiente.

Escribí primero una *I* que se antojaba una *J* con asas; después una *s* que no era *s*, una *a* muy abierta; luego una *b* cerrada sobre sí misma, estirándose hacia la derecha; y, para terminar, una *e* y una *l* inclinadas también a su diestra. Esas dos letras últimas parecían tener la largura del troncho de corteza con que las había escrito.

Francisco barrió mi *I* con su bota izquierda, con tres movimientos cortos en zigzag, y a continuación dibujó una *I*, robusta aunque grácil, de desenvoltura tan firme que a mí me recordó a su verga. Luego aplastó con su pie diestro el resto de mi rúbrica, dejando que resbalara sobre ella su tacón de militar una y otra vez.

—Ésta sí podría ser la inicial de una Eva rediviva, esbelta, que se hiciera temer por arrojados y gulusmeros —dijo al terminar.

Lo decía por María Antonieta, su imagen de mujer perfecta.

—¡Qué hembra! —solía exclamar a veces él solo, con el pensamiento en un sueño imposible al otro lado de los Pirineos.

Me divertía que estuviese guillotinada. Tanto que, hasta los moños de su cantinela, le comenté en una ocasión:

—Dicen que en los bailes no sabía guardar la medida.

—Entonces la medida estaba equivocada —me contestó con un puñal por boca.

Yo quería ser María Antonieta, con la cabeza sobre mis hombros.

—Que se hiciera temer —repitió como alelado—. A una hembra así la seguiría cualquier guripa.

Yo quería ser esa hembra. Así que le lancé de corrido:

—Haré que anulen mi matrimonio.

En él, ninguna respuesta. En mí, ningún titubeo, pese a que lo dijera queriéndolo decir y, después, no sé si queriendo no haberlo dicho.

Francisco con la nuez en los tacones de sus botas. Ahí aprendí que a un soldado no debe dejársele pensar, porque piensa dos veces y en esa segunda vez ya se te ha ido.

—Si yo fuera tu esposo, como dueño de mi casa prohibiría que pusiera los pies en palacio tu amante. Un hombre que consiente un privado no es un hombre.

—Paquito no es un hombre; pobre, es otra cosa.

—Esa cosa sabe que ha entrado ganando en la partida; el oficio de rey lisonjea.

—A todas las lisonjas renunciaría la reina a cambio de tu amor.

—¿Seguiría siendo reina si tal hiciera? —interrogó él.

Y yo sentí un chasquido en el cuerpo, muy similar a lo que tiempo después reconocería como una rotura de aguas.

—Ésa sería la preocupación de un mal caballero, y de un cobarde.

Recogió una ramita, de las más recias, de entre la arena, y con ella comenzó a rascarse el muslo derecho a través del pantalón. Primero muy despacio, luego con frenesí. El algodón de la pernera parecía deshilacharse bajo su brío. Dos rascadas más, breves, y después una muy larga, de furia. Ras ras raaaaaaaaas.

—Mi cuerpo se encabrita ante tus dudas —dijo al fin.

Y yo no le contesté que algo de cabrito sí que tenía su cuerpo, que no me pretendía como antes.

Por la garganta le subían las rojeces de nuevas fiebres. Debía de tener el pecho a combate vivo de eritemas y escoceduras. Me acerqué a él, en silencio, para hacerle de lava-costras. Aparté su mano de la pernera y principié a bajarle el pantalón con movimientos suaves, para que al ser arrastrado sobre las heridas no las encendiera aún más. Luego lamí el vello de sus muslos anegados en pus.

Francisco se estremecía, como si lo fustigaran, con cada serpenteo de mi lengua sobre sus cicatrices abiertas.

—Isabelita, jamás te negaré.

Y yo no sé por qué, me dio por parar mientes en los leones que flanquearían mi regreso a palacio, en las escalinatas que me alejarían de los jardines. Y del amor de un bosquete llamado el Laberinto, donde crecían coníferas.

—A los borbones siempre nos han rodeado las fieras —dije apartándome.

Entonces mi general tomó mi rostro entre sus manos y lo elevó hasta su boca.

—Las domaremos juntos —dijo en un susurro.

Sus pupilas, tan belicosas como al principio. Restallando mandoblazos a quien se nos enfrentara. Sus labios en mis labios, la boca prieta, casi doliéndonos. Nos gustaba besarnos así, estrujadas las encías y las espaldas en un abrazo se diría que a pique del desmiembre.

Con el vaho de su nariz respirado por la mía, me sentí hoja del Laberinto. Una hoja que, como la de sus robles de doce varas, no sabe que lo es; si lo supiera, se troncharía ella misma antes de desaparecer con el otoño. Gozaría por haber descubierto que en octubre estaría muerta. Las hojas del Laberinto no saben que son hojas; desconocen que van a morir al final del verano. Tan caducas, las pobres, entre las otras persistentes de las coníferas que da lástima contemplar su sinsorga felicidad.

—A Paquito no le quedará otra que tragar —dije, el corazón en los bajos.

Francisco me acarició el cuello con ambas manos y luego las hundió en mi escote. Menos mal que a este bosquecillo acudía yo sin corsé; por eso tuvo hueco para sobar un pecho con cada mano y dejarlos ordeñaditos en ellas. Tiró de los pezones todo lo que quiso y cuando los tuvo tiesos como velas, arrodillado frente a mí, se enganchó al izquierdo y comenzó a mamar.

Ese día supe lo que sentiría un ama de cría con las succiones de un cuarentón recién nacido por el que tiene perdidas las nalgas.

Yo sería esa hembra que él deseaba. Lo sería. Él, mi general, mi Francisco; mi rey. Sí, María Antonieta y Luis XVI de ordeñes y encames en un nuevo *château de Versailles*, el Real Sitio de La Granja de San Ildefonso.

Por los siglos de los siglos.

—Y si se emperra en su empleo, estoy dispuesta a renunciar a la corona.

Serrano soltó mi pezón y, agarrado a mi cintura, tomó impulso para levantarse.

Pensé que era un beso lo que quería robarme; así que me colgué de su nuca, mis piececillos a un palmo del suelo.

—Hace frío —dijo deshaciéndose de mi abrazo.

La reina iba, sin saberlo, camino del patíbulo.

—Ven aquí.

E intenté atraerlo hacia mis carnes para respirarlo y que me respirara y respirara hasta que nos matásemos de oxígeno.

—Ya está aquí el otoño. Hace frío.

Lo dijo apartándome con un empujoncito severo que hizo que me tambaleara un segundo. Con las sienes gachas comenzó a abrocharse la camisa.

Era cierto: hacía frío. Como a María Antonieta, octubre estaba a punto de rebanarme la cabeza.

17

No interesa extraviarse en el Laberinto con mucho sol o mal tiempo. Tampoco conviene cuando te han cortado la cabeza.

De ahí que, después de Serrano, me negase a entrar durante un tiempo en ese nuestro bosquete. Me contentaba con llegar hasta la puerta de madera, pintada de color verde pino, para oler la llave de hierro luego de acariciarla apenas. Giraba entonces sobre mis talones y sentaba mis nalgas tristes en uno de los bancos de piedra situados entre los tres caminos de acceso. Elegía el de la izquierda, yendo de frente, porque allí los setos de carpe te cobijan en primavera y verano del calor; y en otoño e invierno, de los vientos puñeteros de la montaña.

Era el lugar más apropiado para imaginarme que el sonido de las hojas arrastradas por el suelo era el de las pisadas de Francisco, que venía con un perdón en los labios y la boca presta a ganarme a besos. Palpitarían los requiebros de sus botas. Cruj. Cruj. Cruj. Mi general bonito. Sus pies de hombre de batallas, que conquistan islotes, que aplastan puentes; que destronan a reinas. Cruj. Crujjj. La brisa de súplicas de los jardines de La Granja. Zummm. Las avispas a unos metros de la reina a la que Narváez había pasado por la guillotina. Zummm. Serrano sobre las hojas secas de la traición. «Nunca te negaré», me había jurado. Plufff. Plufff. Y de nuevo sus suelas levantando el aire. Apresurado con su brío. Sus pómulos gélidos, a la espera de que yo los arda, a mordiscos, con esos fuegos que sólo la amante conoce.

Al acercarse me verá con moratones y, entre carcajadas, interrogará:

—Isabelita, ¿ya saliste rodando?

Parecerá un embuste, pero era más gorda cuando bajaba que cuando subía. El cuerpo, echado hacia delante, me pesaba más; cuesta abajo, iba derechita al emboque. Cómo no sería que, en el palacio de La Granja, a fin de descender desde el comedor hasta el primer piso sin percances, me sostenía agarrada a la baranda de madera. El problema era el sudor de mis manos, que se deslizaban por ella como sobre manteca y, cataplof, llegaba el batacazo regio.

Una vez perdí pie desde tan alto que, con el estrépito de mis carnes de retumbe en retumbe, peldaño a peldaño, se cayó un jarrón de porcelana china del hueco de escalera que quedaba en la parte central de la derecha. No hubo forma de enjaretarlo de nuevo para que no se notara el estropicio.

Ajumada, el orgullo también de porcelana rota, dejé ordenado:

—A hacer puñetas los jarrones. No quiero volver a encontrarme con ninguno.

Una cosa es que una reina se despatarre escalinatas abajo y otra que se entere todo quisque.

—¿Ya saliste rodando? —diría mi hombre.

—Rodando de amores, Francisco. Para qué quiero mi figura sino para caerme caminito de aguardarte.

Y entonces aguardo, sí, que sean sus pasos, empingorotados, hojalateros, los que se acercan. Mas no se acercan pasos; son las hojas y las ramitas imberbes que vienen y van, traídas y llevadas por este viento del norte que las embrisca. Sólo ellas, resquebrajos que pasean su turbación de querer detenerse y no poder.

Las orejas alerta, lloré con lágrimas tan grandes sobre ese banco que dejé la señal de los goterones de mi desazón incrustada en el pedrusco. Era una tristeza tan *p'abajo*, tan agarrada al coño, que hasta las avispas huían al verla.

Hube de aprenderlo a mataduras: después de Serrano, no me querían ni los insectos.

Un atardecer, el del 10 de octubre de 1847, di un aldabonazo y entré en el Laberinto. La reina cumplía diecisiete años y había regresado a los jardines de La Granja de San Ildefonso para ver si hallaba entre su follaje su cabeza perdida. La recibió un pajarucho cuyo pico verdoso amarillento parecía vibrar. Picoteaba el suelo a saltitos, delante de ella, apartándose cada vez más, como si respirar el polvillo levantado por los pies de una hembra que lo ha perdido todo pudiera agenciarle un jamacuco. Antes de perderse de vista, pareció mirarla con una bendición en los ojos. Me odié con dentera porque hasta una avecilla podía ver que la reina caminaba a trompicones rebuscando sus ojos, su boca, su nariz, su cabello.

Las lluvias de finales de septiembre habían debido de borrar las señales situadas en las bifurcaciones para que los paseantes continuaran por el buen camino. Cuando llegué al círculo central, estuve a punto de darme la vuelta. Me daba miedo perderme y tomar cualquiera de las otras siete posibilidades, sin los tocones de hojas en el extremo de la única calle con salida. Sería entonces como esos necios confiados en que existen ocho caminos hasta el portón verde de acceso. No los hay. Ocho caminos, y no todos conducen a Roma. Sin embargo, seguí adelante. El recorrido normal duraba una hora y media; así pues, determiné que si llegaba la noche y había pasado dos veces por el centro sabría que estaba perdida.

Una parte de mí deseaba perderse, ahora lo entiendo; la

otra quería volver como fuera, incluso sin cabeza. Me escuchaba el corazón a latido vivo. ¿Y si no supiera salir? ¿Y si mi Serrano no volviera para encontrarme? Me levanté las faldas y oriné sobre la tierra, chssssss, una meada tan extensa que marcaba el camino válido de seto a seto.

Fue entonces, creo, recién recompuesta de mis orines, cuando escuché la voz de mi señora madre:

—Pichona mía, sal a mi encuentro.

Aceleré el paso en sentido contrario al de su reclamo.

—Mona mía, no te escondas; he visto que entrabas.

Era tarde para huir y muy pronto para claudicar, pero nunca he tenido fuerza de espíritu; de enseguida me acoquinaba. Por eso me detuve, con un movimiento extraño: como si mis pies se hubieran parado antes que el cuerpo y éste intentara continuar, aun tirando de ellos. De esta guisa, tal que inclinada hacia delante, me halló mi muy querida mamá.

Luego de sus acostumbradas lágrimas del cocodrilo, se me echó al regazo. Parecía más una embestida que me desolló el dedo chiquito de la izquierda, reposado sobre mi vientre, que una prueba de maternales amores.

—Son cabellos de tu padre que he guardado para ti —dijo haciéndome entrega de una cajita de nácar.

Aparté el presente con la mano diestra, con tal furia que rebotó en la barbilla de mi madre antes de caer sobre la tierra.

El polvo volvía al polvo.

—Quédate con tus cabellos; vete a saber de quién son —dije.

Y el bofetón que me encasquetó ella me impidió decir nada más. Al instante, eso sí, noté cómo la cabeza me regresaba al cuerpo. Ya no tenía el cuello hueco, que daba tantísimo asco a las avispas.

—De ésta no te mueres —dijo.

Sin aclararme si se refería a su guantazo o al que me había

dado Serrano con las letras que me había puesto desde Arjona:

Isabelita, debo alejarme y acatar tu voluntad que no podría soportar yo ver comprometida.

Por lo visto Francisco conocía mi voluntad antes de que la conociera yo misma. Claro que, para no verme él comprometida, se había marchado de mi vera con embustes.

—Serán sólo dos semanas en los baños de Solán de Cabras —había dicho.

Sin embargo, no fue éste su destino. A lo que parece corrió derechito a los Madriles, a buscar a Narváez. Tiempo después de Chafarinas, por varios conductos llegó a mí noticia de que Francisco lo había alertado:

—Reputo inminente el riesgo de que los progresistas se apoderen del poder en las próximas horas.

—¿La reina lo sabe?

—Sabe —dijo.

Qué iba a saber, si lo único que sabía la reina en esos días era rebuscar entre sus botiquines de viaje un remedio para las llagas de los muslos de su amante. Los baúles de madera forrados de cuero, que guardaban estuches metálicos, de cartón o vidrio, los tenía ella más que manoseados y vueltos a manosear.

—Esto lo dejo arreglado de un taconazo esta misma noche.

Y el Espadón de Loja, que en el fondo sólo era un caguetas de orgullo cerril, debió de rubricar la real orden de destitución de los señores ministros con una firma igualita que la de la reina. Únicamente yo hubiera podido descubrir la verdad: que esa *I*, esa *s*, esa *a*, y la *b*, la *e* y la *l* tan imponentes que las seguían no podían ser las de doña Isabel II de España porque ella no sabía firmar como una mujer esbelta, que se hiciera temer por cualquier guerrero liante.

Se lo había dicho, en el Laberinto, su general Serrano. El mismo que acababa de ganarse el nombramiento de capitán general de Granada.

Doña María Cristina y doña Isabel II de Borbón regresaron a un Madrid en el que los moderados bebían a morro del poder. A la que fuera regente se la veía mearse de gusto dentro de la berlina de gala de la Corona Real.

—En palacio esperan los ministros —me dijo antes de atravesar la verja de honor.

Se había empeñado en que hiciéramos nuestra entrada en la plaza de Armas con ese carruaje de volúmenes aparatosos, cuya frigidez de ruedas y asientos traseros te descuajeringaba la rabadilla. Y, a poco que te descuidaras, también el coño. Mi padre, el rey, había ordenado que lo armaran en 1832 con las maderas, las sedas y los bronces más bellos, como regalo de encabalgada nocturna a la hermosa «Minerva de la Iberia», a la sazón mi muy querida mamá.

Al maestro carrocero, obtuso como buen español, se le había ido la mano en la pequeñez de las ruedas de delante. Como consecuencia de ello, al recular los cuatro animales enrabiaban y se volvían un racimo de patas y relinchos. Cómo no sería que el jefe de la yeguada de Aranjuez se había negado a enviar más caballos para esa berlina, aunque los vistieran con caparazones o terlices.

No obstante, así viajamos durante horas, para que mi mamá rememorara los días en que mi señor padre le hacía regalos a fin de encamarse con ella. Ahora le tocaba a doña María Cristina tener contento a su segundo esposo, don Fernando Muñoz, con tarjeteros de oro y diamantes.

Agua briznaba.

Dejamos la marca de nuestras suelas en el zaguán de palacio y en los peldaños del arquitecto Sabatini. Mi señora madre tres pasos por delante de mí.

—La reina ha vuelto —dijo nada más poner un pie en el salón del Trono.

Cada uno de los notables se tronchó en reverencia. Todos frente a ella, sabedores de que la reina a la que se refería doña María Cristina no era yo.

18

Con mi mamá como la reina de los moderados, el amor fue mi oficio.

Cuando años más tarde pretendí reintegrarme a mi empleo, ni siquiera conocía quién andaba de presidente del Consejo de Ministros. Una de mis camaristas más jovenzuela, no recuerdo su nombre, se apiadaría de una reina que amaba porque no sabía hacer otra cosa y me chismeó:

—Bravo Murillo, señora.

—Ah, pues a Juanito sí lo conozco. Aunque yo lo daba en Hacienda.

—Vuestra majestad lo nombró al dimitir el general Narváez.

—¿Y qué tiene?

—Cuentan que la situación está agriándose, tanto que no se espera que llegue a Reyes en el puesto.

—Yo la adulzaré —dije.

Delante de la projimilla, le escribí a Bravo anunciándole que contaba con mi apoyo. Que se viniera a palacio, sin tardanza.

—Vas siempre hecho un pincel —le dije nada más tenerlo delante.

Venía de entrevistarse con Donoso y con el marqués de Miraflores, a fin de terminar con el pasteleo de los liberales.

—Si no se hace algo, el carro se atasca, señora.

Lo del carro se me hacía a mí que eran palabras de Miraflores, más de campo que la propia hierba.

—He estado cavilando que, para evitar que sigáis con los orgullos echados a reñir, mejor sería que me hiciera cargo del ministerio —dije.

Los pómulos y la frente de Juanito se desgobernaron; su cara se quedó en un gurruño de muecas.

—¿Vuestra majestad ha tenido oportunidad de hojear *El tocador*? Trae unas ilustraciones soberbias de los sombreros que están causando furor en París.

Que se apañaran sin la reina los pícaros tontos de los moderantones.

Despedí a Bravo con mi palabra de amadrinar la reforma que se traía entre manos; aunque no acierto a recordar qué cambios eran los que tenía en mente hacer. Y, por sobre todo, con mis pupilas ansiosas por contemplar a qué sombreros de moda se refería. Cuáles serían sus hechuras.

A Bravo Murillo no le habría dado tiempo a irles con las últimas a sus colegas, Donoso y Miraflores, y ya estaba la chulapona de mi mamá empinando en mi palacio, que era el suyo.

—Me traes frenética —dijo agenciándose el segundo vaso de vino—. De sobra sabes que bebo cuando tengo disgustos.

A su casa, el palacio de Las Rejas, parecía que llegaban muchos disgustos, mucho vino y poca moralidad.

—Esta manía tuya de servir un borgoña en vaso de tabernero...

Dio unos sorbitos —frenéticos— al vino de pitarra, que ella creía borgoña, hasta finiquitarlo. A mí el vino de pitarra me perdía; me lo hacía traer de Extremadura.

—Qué son esas noticias de que andas de conciliábulos con Bravo.

Se brindó otro tinto.

—Me he enterado de que se han ciscado en él hasta cansarlo —me defendí.

—Déjalo en mis manos, que son las tuyas.

Con los dedos siniestros me pellizcó suavemente el cachete derecho. Los otros los tenía ocupados en voltear el escanciador.

Como la viera ganando colorcillo, le pregunté:

—¿No era Bravo extremeño?

—Como si es napolitano.

—Le he prometido que tiene mi palabra.

—¡Pa-la-bra! —vocalizó con asco—. Una reina no puede permitirse tales lujos.

Mamá no consintió que me los permitiera. Así pues, sin los lujos de la palabra dada, Bravo Murillo me notificó su dimisión con su letra de instructor público. Antes de Navidad. Con sus nones venía una revista de figurines impresa en los Parises a más de un sombrerón azul cobalto, mi color preferido. Prendida a su lazada, había escrito en una *carte de visite*:

Para que vuestra majestad resguarde bien su real cabeza de los turbulentos días que la aguardan.

Ahí principiaron a amosquilarse los asuntos de Iglesia. Tras la desamortización, Bravo había restablecido las relaciones con el Papado por medio de un nuevo concordato. Y por medio también del pago de ciento cincuenta y nueve millones de reales por año a fin de sostener al clero.

—El noviciote de Murillo nos ha dejado las manos atadas —decía mi señora madre respecto de tales diligencias—. Con ellas se están cebando el arzobispo de Toledo y sus compinches.

A mamá le preocupaba en qué intrigas ocuparían los arzobispos sus noventa mil reales por cabeza. Con la de aderezos que podría conquistar ella con tales emolumentos.

Mamá.

Por aquella época había nacido ya mi primogénita, la infanta Isabel, y el cura Merino había intentado asesinarme. Después de sus puñaladas la reina le había tomado afecto a doña María Cristina, que —justo es reconocerlo— se desvivió en atenciones.

Mamá.

Me mimó con el mismito cuidado que ponía en la ropa de mesa. Como un panetero.

—Qué se te ofrece —decía ella.

—Ostras —decía yo.

De los nervios por sentir el puñal en las ballenas de mi corsé, me dio por las ostras. A ellas les dio por regalarme cólicos.

—Se te descompondrán las tripas —me decía.

—Bastante descompuestas las tengo ya.

Los cólicos a veces hacen que una se sienta viva; sobre todo cuando ha estado si cae no cae.

Se me hace que no caí porque estaba enamoriscada como una pánfila. De José María Ruiz de Arana. El papá de la infanta Isabel, a la que desde entonces se la conocería como la Araneja. Fue algo que mi hija nunca me perdonó, que el nombre de su padre lo conociera todo quisque. Eran iguales. Agrisaditos. Pardos. Dos moscas cojoneras. Con los mismos ojos agitanados de Chiclanero, el torerillo que moriría a principios de 1853 porque, en lugar de José Redondo, Chiclanero, él quería llamarse Curro Cúchares. Y, como aquél, borregos hasta la hartura.

Ya mis reales carnes en la avenida Kléber de París, Isabel pasó algunas jornadas de estío en La Granja. Sólo por joder. Conocedora de lo que yo sentía por su palacio, sus jardines, sus fuentes. Y sus bosquetes. Conocedora, a más, de mi revoltura de tripas al saberla la preferida tanto de su hermano, el que fuera Alfonso XII, como del hijo de éste, el que es Alfonso XIII.

Isabel, la Chata le dicen también, es de interior. Estornuda junto a cualquier florecilla o arbusto por despuntar. Por tal motivo, incluso a cien varas de los setos de tejo del Real Sitio de La Granja hacía achís y no paraba hasta haber entrado en palacio. Fuera de pólenes.

Y de polvos.

Un día vino a verme al palacio de Castilla. Ambas en la terraza sureste, ramoneadas por el viento parisino de abril.

—Tan pamplinero —decía yo.

—Maloliente como un revolcadero —decía ella.

Le encantaba enjaretar ripios. Componer versos.

—La vida es rima —decía.

No entendía yo muy bien por qué había de serlo. Para mí la vida era carnada y encabalgue.

Detenida en arrancar dos hojas moribundas de uno de los pascueros, dijo a mi diestra:

—Eulalia es tu preferida. A ella la has querido más que al resto.

—A Eulalia la he querido —dije—. La quiero.

La planta vibró como si estuviera en las últimas y, después de ese espasmo, se dejó caer sobre el enlosado.

Isabel no dijo nada. Se estiró la falda y desapareció dentro del salón. Nunca la vi tan ágil, tan despreocupada porque sus pasos fueran más rápidos que los ojos que pudieran contemplarla.

Si veloz fue al irse más veloz fue, se me antoja, al regresar. No me apercibí de su presencia hasta que la tuve delante de los mismos moños. La mirada retinta. Las palmas de las manos cubiertas de amagaduras, como los cascos de una caballería que hubiera estado sujeta sobre lumbres.

—¡Mula! —me ensartó a voz en grito.

Y pareció que iba a abajarme la blusa a tirones.

La contuvo el rapapolvo de mamá, que hacía su entrada como de costumbre: teatral hasta el paroxismo.

—Es menester distraer los nervios. A la noche chichirimoche y a la mañana chichirinada.

La infanta pasó de ser un pasquín acalorado a entrar en redenciones en un decir Jesús.

Mi muy querida mamá.

Es la misma madre que guarda hasta su muerte dos papeles donde una reina niña, su primogénita, ha trazado a carboncillo la imagen de una casita campesina y de un descomunal pie desnudo, cinco cuerpos más grande que la casa. Junto a ellos se encuentra una *carte de visite*, y no es la de Juanito Bravo Murillo. En dicha tarjeta hay dibujada una caricatura de doña Isabel II de España, con un aderezo de calaveras y tibias al cuello. Flanqueándolo, se pueden leer las palabras: «CRUELDAD», «INGRATITUD». Mi rostro, abotagado, lo corona una ristra de corazones sangrantes con las iniciales S, de Serrano; B, de marqués de Bedmar; A, de Ruiz de Arana y la P, de Puigmoltó.

Mi Mamá cortesana, sin más dios ni profeta que ella misma.

Politicastra en su jugo.

Besamelas.

Mi desvivir.

Hoy, agusanadas las dos, somos ambas un sello. Pero a ella la han chupado antes.

19

En la Prefectura de Policía de París se guardaba un cartapacio con el detalle preciso del número y nombre de mis amantes.

Cuando me trasladaron una copia, mediada la década de 1850, tras el desembolso de mis buenos y católicos reales, celebré su lectura con iguales plácemes que las fantochadas de los bailes de máscaras en Villahermosa.

—Comunicadles a tan ilustres investigadores que, a mi pesar, sobran peces. A más de que faltan, y no dos ni tres, tiburones muy malos.

En tinta de color carmesí se especificaba, al margen del documento, si los tales peces eran carlistas o isabelinos. De resultas de ello pude comprobar, al hacer recuento, que había compartido lecho con más partidarios de don Carlos María Isidro que de la propia reina de España. ¡Por eso gozaba yo como lo hacía entre sus caricias, pues eran las caricias del enemigo! Y nadie como el mismito enemigo para regalarte amores a fin de obtener información. También prebendas.

Al llegarme noticias de que algunos ejércitos les hacen pasar las de Caín a los soldados del otro bando hechos prisioneros, a fin de descubrir alguna de sus debilidades, he argüido:

—Un hombre que se haga llamar hombre no dirá nada de

interés a mamporros. Ponedle a una hembra en su cama, y ya veréis cómo canta las siete y media.

Yo lo hice, a la inversa; canté cuando me pusieron a un hombre en mi cama. A muchos hombres. Nunca demasiados. Y volvería a hacerlo. Trocaría esta alma sin hueso en que me he convertido en las carnes mías de las veinte juventudes. Sólo para que de nuevo se sirvieran de mí mis contrarios, como yo me servía de ellos.

Veinte juventudes recorriendo la Castellana, el salón del Prado; las cuestas abajo de la calle de Toledo, junto a la plaza Mayor, al quite de un carruaje con que acudir de alquiler incógnito a la fiesta de fulano o de mengano. Nocturna y bien nocturna, como eran las fiestas en mi Madrid. Veinte juventudes. Entre los puestos de panelas y de medias de estambre. Más bravas que los toros de don Nazario Carriquiri, que si te cogían nada podían hacer por ti ni un médico ni un boticario, se cantaba en la Villa.

Veinte puñeteras.

A mí, después de cogerme, se me fueron.

La *leidi* de casa Botín lo había adelantado: un retrato de doña Isabel II mejor incluso que los de su pintor de cámara, Federico de Madrazo. Algún día no cumpliría yo diecisiete primaveritas, me dejó dicho. Tapó el tiempo la loma de las flores y no fui ya amapola de diecisiete, ni de dieciocho, ni de veintidós. El escote cada vez más prominente. La cintura, abotijada. A mis aderezos había que ensartarles cierres dobles, pues los sencillos se descoyuntaban al mínimo movimiento de mi muy augusto cuello y de mis muy reales muñecas. Los anillos se engruesaron tres tallas y media; tanto que, en su circunferencia, gustaba la infanta de realizar carreritas de hormigas. En ocasiones lo intentó, asimismo, con alguna mariquita de un rojo sangre.

En lugar de pecas, lamparones.

Sólo mis ojos de un verde melón permanecieron; eso sí, más lejos el uno del otro. Como si cada oreja tirara de su compañero próximo para ver y oír lo mismo. No era éste mal remedio, pues la reina a veces escuchaba una cosa y veía otra.

—¿Cuál es el secreto de vuestra majestad para mantenerse joven y lozana? —me interrogaban los ministriles.

Cuál secreto. ¿El de haber entrado en el descuido del tiempo? ¿El de que se te den los lóbulos de sí, como si alguien tirara de ellos hacia abajo para sacarles la bastilla?

Después de mi hombre, mi vientre dijo: «Yo, punto en boca». Mis pechos se vistieron de ganchillo, con agujas del número tres; y mis orejas, con pespuntes, hilvanadas para que no colgasen hasta el suelo y acabaran por barrer el polvo.

—Señora, es su busto el de las esfinges de La Granja. Ajuntado y tieso —repetían a coro mis camaristas a la hora de encasquetarme el corpiño.

—Aprended del general Serrano —les decía yo.

—¿Qué, señora?

—A mentir. También la verdad se inventa.

De mi hombre, de Francisco, había aprendido a valorar el paladeo de los jugos de la mentira. Lo cierto es que después de él no levantaba yo cabeza, pues ningún otro sabía tenerme engañada con su gracia. Su rudeza, sus mañas y picardías eran para mí rosbifes y trufas. Me engolosinaba que me tirara un arañazo; conocedora de que, tras el arañazo, venía su espada a troche y moche. En cambio, José María de Arana o Manuelito Acuña, marqués de Bedmar, describían tan al vivo sus figurados papeles en esa nuestra farsa que, a mis ojos, no eran lo que querían ser sino lo que en realidad eran: unos comediantes sin seso para el engaño fino.

—En su casa de usted hay mucho Calderón —llegó a decirme O'Donnell en uno de los bailes de palacio.

146

—Te equivocas. Lo que hay es mucho conde-duque de Olivares; zotes sin imaginación.

Conocía de su amor por la reina, pero nunca me dejé traicionar entre sus brazos. O'Donnell sí sabía mentir y, si le hubieran venido mal dadas, lo habría hecho. Y yo en ésas ya me había visto con Serrano, que era más hombre, más mozoguarda para tener en jaque a una yegua.

Me encamé con Arana, sí, que a leguas se veía que era carlista de corazón, y antes con Manuelito Acuña, mi marqués de Bedmar, otro carlitos maría pero con lumbres en los ojazos. Y en las manos. Me encamé a más con bastantes otros que no aparecían en la lista de la Prefectura de París. Porque el corazón tarda más en olvidar que el cuerpo, y el mío ha tenido por lo común muy poca memoria.

Fue Manuelito quien me desvirgó por segunda vez, en su cama de caballerete venido a menos. Desde ella, podía verse una deshilachada palma de Domingo de Ramos asomadita al balcón.

Aficionado a las Escrituras, mi Adán recitaba versículos de corrido mientras gozaba de mi fruta nuevamente verde, a estrenar:

—Hágase la luz.

Y la luz se hizo. En mi virgo. Rasgó el recosido que se me había anudado en los bajos con los lloros por mi general.

—Dios salve a la reina —dijo.

A horcajadas sobre él, su miembro me difundía como una hoja volante. De ahí que no quisiera quitarle rigor mortis al asunto diciéndole que a la reina quien la estaba salvando era él; en ese preciso momento senador en las provincias todas de doña Isabel II de España, y por derecho propio.

Se llamaba Manuel por parte de padre y Antonio por parte de madre. Y a más de marqués de Bedmar lo era de Casa Fuerte, del Prado y Villanueva de las Torres, conde de Gramedo, grande de España, adelantado mayor del Reino de Terrenate, alférez mayor de Sahagún, alcaide perpetuo del Real Adelantamiento de Castilla, XIII señor de la Torre, primer comandante de Caballería, caballero de la Insigne Orden del Toisón de Oro, Gran Cruz y Collar de Carlos III. Gentilhombre de Cámara con ejercicio y servidumbre de la soberana Isabel II.

Sabía que Serrano, incluso en las Cubas con su madama de pelo endrino, estaría rabiando. La reina había sustituido un caballo por un alfil.

—¿Quién carajo recuerda en una batalla al que porta el pendón? —me contaron que barritó sobre Manuel.

—Señal de que el pájaro todavía tiene mojadas las plumas —dije.

No veía las santas horas de ponérmelo delante de las narices, porque ya no era la reina aquella de Chafarinas, creía yo por entonces. Ahora comprendo que era. Era. Vaya si era. Hay cosas que es mejor haber entendido de muerta; de viva se me hubieran comido las asaduras.

Manuelito Acuña.

Mi portero de estrados a quien gustaban las monterías, el teatro y la ópera. Y el parloteo de nunca acabar. Con él llevé, a la monarquía, la Ilustración.

Se las daba de hombre leído; no en vano era un tratado completo sobre la ciencia de blasones. Fue él, si mal no recuerdo, quien puso en mi secreter, para que yo lo guardara bajo llave, un ejemplar traducido de *Las relaciones peligrosas* de un tal de Laclos. El librito, la mar de entretenido, estaba lleno de cartas a las que acompañaban ilustraciones picaronas. Cuantísimo aprendí de sus latinajos y verborreas, del vizconde de Valmont, qué hombre Señor Jesús, de la marquesa de Merteuil, que era mi mamá sin partos repetidos, y de la ñoña de la Tourvel. Si la hubieran emparejado con Paquito se le habrían acabado los remilgos y castidades de un plumazo.

Su lectura supuso un azogue para una matrona gallardísima como la reina de España, a la que habían enseñado el amor de a dos. Pero el amor, como tuvo ocasión de comprobar, no sabe de números. Sabe de goces. El hombre goza recibiendo felicidad; la mujer, regalándola. Eso es lo que decían las cartas de ese francés que parecía haberme parido para conocerme como me conocía.

—Se nos viene encima una revolución, señora —graznaban entre tanto mis ministros, procurando evitar el hundimiento del ministerio con el lastre de mi mamá echado por la borda.

Negar que se avecinaba una revolución era negarle claridad al sol: conflicto parlamentario seguido de un pronunciamiento; mueras a doña María Cristina y a su esposo, cubiertos con los oros de los ferrocarriles y los negocios espurios. Ahí fue cuando decidí que el alzamiento más gordo iba a acaudillarlo yo: llegada era la hora de desaprender algunas cosas y de aprender otras. Más afrancesadas y menos castizas.

La reina trajinaba una revuelta de bajura, que alzaría peces de esa mar encabritada anterior a 1854 para quedarse con un buen número de ellos, por si el oleaje cambiaba de corriente y se los llevaba.

Por entonces terminó de construirse el puente de Isabel II, en Sevilla. Y Dios quiso que sus dos ingenieros fueran franceses que temían dejar en manos extrañas el cuidado de los pilotes, las tablestacas y el mortero con que fabricar el hormigón. De tal forma que se habían traído consigo a uno de los jefes de obra. Un marsellés memorioso. Atarantado. Guapo hasta la locura. Y leído.

Aranjuez

Mira que el amor es una mar muy ancha.

SALVADOR DE MADARIAGA
El corazón de piedra verde

20

El puente de Isabel II era una réplica del Carrusel de París, sobre el Sena, aunque el estribo del lado de Sevilla se distinguiera por un arco marinero. A su vez la parte que daba a Triana se sostenía sobre los tormentos del castillo de San Jorge, otrora baluarte de la Inquisición. Más allá de eso, a mí, el puente ni fu ni fa. De él, lo que me tenía el corazón sumergido era el hombre que había logrado fabricar el hormigón para armarlo a partir de cal, puzolana de artificio, arena del río y agua.

Ferdinand Tournachon.

Marsellés.

Valía lo mismo para un roto que para un descosido.

Después de haber navegado adentro de mí una primera vez, Guadalquivir abajo por mis juncales, no había consentido yo abandonar la residencia de los Reales Alcázares en tres semanas. Ferdinand, fondeado a mi vera.

—Es en la proporción de la mezcla donde reside el secreto.

Me lo decía mientras daba sorbos de mi ombligo a ese sudorcillo montaraz que no han de conocer las reinas.

Había estado a esto de no viajar a Sevilla. Pues a mí se me hacía que todo lo que no fuera Madrid eran sierras calvas, sembraduras y pastos. A más, la buena esposa de don Antonio de Orleans, mi hermana la infanta, había establecido allí una corte oficial de zascandiles, enriquecida a fuer de gobernar con rigor los ahorros. A mi cuñado no le ganaba nadie en eso del gobierno de los reales. Su lema: mucho en el haber, nada en el debe. Si llego a saberlo antes, lo hago mi esposo.

Cómo sería el señor duque de Montpensier que de haber poseído azafrán o almendras habría hecho negocio con las almendras y el azafrán; como lo que tenía eran las naranjas de sus dieciocho hectáreas de jardín, las vendía sin pudor.

—A don Antonio, por lucirle, le lucen hasta las naranjas; ácidas, lo mismito que si fueran limones —se había chanceado Juanito Álvarez Mendizábal, cuando nos lo relataron.

Mendizábal, quien fuera ministro de Hacienda, se había visto obligado a vender conventos y monasterios al faltarle naranjales.

—Una corte de naranjas chuchurridas —había sentenciado yo.

—«Corte Chica», la llaman, pero tan grande que tiene embarcadero propio en el Guadalquivir —estallaría mi mamá, con nuestro choteo.

Pavoneadita con los lujos de la infanta Luisa Fernanda, a quien veneraba. Sin par esposa, mejor madre. Una corte con agua corriente, cuartos de baño, telégrafo, electricidad y porcelana la mar de fina, en el palacio de San Telmo.

—El patrón de los navegantes —me explicó Ferdinand.

Menos mal que bajé a Sevilla. De este modo pude averiguar que Sevilla es de marinas, de barcos, de navegaduras. Y que, en ella, un francés es capaz de enseñarte lo que no te enseñarían diez españoles. El arte de la navegación requiere de unos tiempos, de unos ritmos en los que únicamente cabe desenvolverse alguien que ha oteado mucha costa.

—Hablas mi idioma mejor que yo —le decía la reina.

Lo cual no resultaba harto complicado. Las más de las veces se hallaba mi pensamiento repleto de faltas ortográficas.

Las más de las veces, también, a reboses de dudas. De tanto en tanto, descargado mi marsellés de su pólvora, me asaltaban barruntos de que, cayendo en los infiernos carnales, se me cerraran la puertas divinas.

—Si no estuviera casada… —dije una amanecida.

Era nuestro último día, juntos.

—Por lo que me cuentas, no eres casada; pese a llevar un hombre contigo.

Lamió mi amura de estribor. Yo, impulsada por él, era un barco con la quilla siempre dispuesta al atraque.

—Créeme, Isabel, si te digo que el infierno es una creación humana.

Ferdinand no era mejor ni peor que los pelanas que caciqueaban en mi vida. Pero, a diferencia de éstos, él no pretendía vivir arrimado a mis faldas. Poseía ideas de su puño y letra. Sueños. Regalías que habían nacido con él; las exhalaba con su respiración, como una prebenda que no necesitara recibir de un papa. O de una reina.

Le agradaban los puentes. Le agradaba yo. A mí me agradaba él.

Apenas tumbado sobre mi vientre, levantó mi pierna derecha hasta dejar la corva reposada en su hombro izquierdo. Los rizos morenos de su pelo, que se desmochaban a la altura de la oreja, me hacían cosquillas. Quiso hacer lo propio con mi otra pierna, mas ésta no hubo forma de alzarla.

—Diré más: el infierno no existe. Son ganas de tenernos a hombres y mujeres metiditos en cintura —dijo.

Y metió su cintura adentro de la mía.

No más mares calmos. Las perlas de mi aderezo de corona clavadas en mi frente. La banda de mi padre, el rey Fernando VII, con remate de borletas, hecha un nudo marinero bajo mi boca. Había querido amarme así, vestida de dueña de los destinos de España, con el traje de muselina rosa e hilo de oro con el que tuve que recibir, en el salón de Embajadores, a unos cuantos paladines de esta corte chiquita y rata de Sevilla.

Tres esmeraldas, cosidas a la uve delantera de mi corpiño, tan dadas la vuelta y tan subidas que me refregaban los párpados con sus aristas.

«Las próximas esmeraldas que adquiera: romas», pensé. Y ya no recuerdo que discurriera mucho más. Porque el amor, en según qué punto o qué postura, reniega de filosofainas.

Ferdinand en la planta baja de este posadón con techos mudéjares que es el Real Alcázar. A un palmo del patio de Doncellas, eso que ya no seré yo jamás. Doncella. Virgen. Pues, procurando asirme a algo —todo él se me resbala de sudores—, me siento reina mora. Cambio de religión; me hago musulmana.

Ferdinand que acerca sus dientes a mis perlas; lo sé porque noto cómo su aliento de hombre que disfruta en el agua calienta primero mi bigotillo y luego más arriba. Ferdinand que tira de una de las perlas, la arranca. Parece tragársela. Las demás se derraman a ambos lados de mi rostro, para perderse en esta cama de verano.

—Señora, es la habitación más fría de los Alcázares —objetaron a coro mis damas, al conocer mi deseo de quedarme en la alcoba Real.

—Si Carlos V pudo con su frío, también yo.

Me callé que pretendía entrar en calor en un decir Jesús; *amos*, en un decir Ferdinand. En esas tres semanas no saldré de la planta baja. Y, dentro de ella, de la alcoba Real. Sí, una sola vez, esa tarde, para dejar que me hagan el rendibú en el salón de Embajadores. Unos tiralevitas.

Como revancha les hago esperar tres horas, pelados de frío.

—*Mon amour* —dice mi marsellés.

Y procuro abrir mis ojos; las esmeraldas pinchan.

Procuro abrirlos, incluso así, al objeto de contemplarlo a él a través del rosa de mis muselinas de seda con hilo de oro. La armadura de miriñaque de mi vestido dada la vuelta; toda yo volteada, del revés. Él, que me da que se acerca al fondeadero, y yo, entre ahogos, que no quiero que se acerque porque si se acerca más será el final y ya no lo veré ningún otro amanecer de mi vida. Pero mi jefe de obras ha completado su puente; por eso inicia la maniobra de botadura: me regala inauguraciones y plácemes,

—quién puede quererte mal a ti —dice,

—no me tires de la lengua; si te cuento, no paro,

—eres prodigiosa, Isabel, ven conmigo,

lo dice y sé que es verdad, que quiere que me vaya, con él y con otro Tournachon amigo suyo, juntos realizan dibujos de sus viajes fantásticos para un tal Julio Verne, también francés,

dos Tournachon,

—*mon Dieu!, vive la France!* —digo,

y él sabe que no me iré, que las reinas reinan, se quedan, y los aventureros viajan cinco semanas en globo,

—cómo será el centro de la Tierra —dice,

e Isabel de Borbón y Borbón sabe que algún día verá dibujado ese centro, lo hará él, abrirá un túnel para mostrármelo como abre ahora el túnel del adiós,

—*voilà*,

Ferdinand Tournachon desmonta su verga, me ofrece un beso en mi nariz chatona, cala los masteleros y zarpa.

Las primeras luces de la mañana figuran, a decenas, arañazos en la piel de la reina. Donde antes había escamas hay ahora placeres. Brillan igual pero no son los mismos brillos. Doy fe.

—*Au revoir!* —dice, sin mirarme.

Veo cómo el barco de su cuerpo se aleja por las galerías de

azulejos hasta el vestíbulo. Luego se va de los corredores privados de mi vida por los arabescos de estuco del patio de Muñecas.

—*Au revoir!* —digo.

Ese *au revoir* será para siempre.

Y me quedo allí un rato grande. En el patio. A fin de encontrar entre las columnas de sus arcos, como señala la leyenda de la ciudad, las nueve caritas de muñeca que harán de la suerte mi compañera de juegos.

Pura tentación del Enemigo del Bien.

Esta Sevilla de Guadalquivires, con este Real Sitio de carámbanos a cuestas, sabe que a las reinas católicas y apostólicas nos está prohibido jugar. Lo nuestro ha de ser los oratorios ante la Virgen de la Visitación, y punto en boca. Nada de amores. Nada de políticas. Nada. Pero la soberana de España no está aún preparada para esa visita de la Virgen. Quizá póstuma.

Viva y muy viva, aguarda. Aguarda, sin saberlo, otra visita.

21

El palacio de San Telmo era barroco. Igual que la infanta Luisa Fernanda, mi hermana. Justo encima del portalón principal, que estaba flanqueado por tres pares de columnas, se erigía un balconcillo con balaústres sobre las manitas de unos ángeles chicos con aspecto de indios.

—Atlantes —me había aclarado Ferdinand.

—Atlantes o indios, tanto da.

El caso es que veía a la infanta y a su señor esposo, allí, ensayando su saludo a la muchedumbre cuando me echasen de mi trono y se quedaran ellos como tábanos gordos, chupa que te chupa de mis reales. Era imaginármelos en ésas y me entraban de golpe los picores en las pieles.

—Por qué te torturas, Isabel —me había preguntado mi marsellés antes de su partida.

Porque sabía que la pretensión de los señores duques, y de mi mamá, era justamente ésa: torturarme, en el torno; estirar mis miembros hasta el pitorreo. Para empaquetarme, descoyuntada, con destino a Berna, Suiza.

París les parecía poca distancia.

Por eso, a fin de que todos los lame-babas de su corte naranjil contemplaran a la reina con grilletes, camino de la cámara de los tormentos, ofrecieron un baile en mi honor. Para restregarme por los morros, asimismo, la cohorte de aduladores de su residencia imperial.

Doña Isabel II de Borbón también poseía un sinnúmero de meapilas a su rebufo. Pero los míos —he de reconocerlo— no eran entendidos en latines, poesías y lienzos. Los Montpensier, en cambio, se hallaban en mecenazgos de no sé cuantísimos pintores y hombres de letras. Se los hacían traer de los Parises y de los Londres; les daban cobijo, mesa, mantel y reales a troche y moche.

Se decía que los tenían tan contentos que, años después de culminados sus trabajos, ninguno quería irse.

Embravecida porque todo el noblerío de Sevilla mareara a Cristo con sus creencias de que sólo los señores duques de Montpensier tenían un gusto fino para el arte, pedí consejo a François Guizot para convertirme en mejor mecenas que ellos.

Por dineros no iba a quedar.

—¿A quién tienen esos felones como pintor de cámara? —le pregunté.

Guizot me miró más allá de mis pupilas. A través de ellas parecía horadar una entrada para colarse en mis pensamientos. Como de costumbre, iba diez pasos por delante de mí.

El bueno de monsieur Guizot.

La reina de España lo tenía en gran estima, ahora que ya no era el ministro francés de Asuntos Exteriores. En París, me había hecho de espía. En España, también de consejero, de traductor, de muro de oratoria con el que se estrellaban mis deudos. Si François Guizot estaba a mi lado, cualquier ministril, diputado o senador era uno al entrar a mi recámara, a pedirme algo, y otro al salir. Más que nada porque todos ellos se marchaban con los bolsillos vacíos y sin lo que venían a reclamarme. Qué negociante era el gachó. Con la tirria que nos habíamos profesado durante mi idilio con el general bonito.

Jugaba al mus de rechupete.

Sevilla sería nuestro último órdago juntos; Guizot había decidido retirarse a Normandía.

—Vamos, responde —lo urgí.

—A Alfred Dehodencq, majestad.

—¿Es bueno?

—El mejor. Sólo lo supera, a mi entender, Adrien Dauzats; enfermo desde hace meses.

—También es casualidad. Tráeme a Dehodencq cuanto antes.

Entrada y bien entrada la siesta, me lo anunció el ujier con un tonito que regalaba picardías. «Nuevo alazán para la real caballeriza», parecía leerse en él.

El franchute de los pinceles no tenía ni un pelo de alazán. Era moreno y chiquito, de frente más grande que el cuerpo. Dos entradas en ella como caminos para coches de cuatro caballos; en medio, unos mechones pajosos dejados caer hacia delante. Le llegaban casi al entrecejo. El bigotillo descolorido y húmedo de los ramplones que se pasan el día moqueando.

Al principio no dijo mucho: «sí», «no» y para de contar. Lo peor era que los síes y los noes iban regados, en exceso, con *majestá* detrás y delante. Pues, a lo que parece, su lengua había adquirido una cierta sevillanía.

—¿Eres de París?

—*Majestá*, sí, *majestá*.

—¿Casado?

—*Majestá*, no, *majestá*.

Santa María Purísima, qué hartura, qué poca sangre en las venas.

No obstante, al ratillo comenzó a tomar confianza; a decir bendiciones de los Montpensier, sobre todo de don Antonio de Orleans. En la creencia —barrunto— de que tales alabanzas fueran de mi agrado.

—*Majestá*, el señor duque posee alma de pintor, *majestá* —dijo.

—Que yo sepa, en España pinta más bien poco. Y lo del alma… vamos a dejarlo ahí: cuentan que es el único hombre vivo al que le faltan el corazón y el espíritu.

Dehodencq bajó la barbilla medio de lado, como queriendo tocar con ella el paño de la hombrera de su chaqueta.

—Éste calza a la izquierda —se me escapó.

—*Majestá*, ¿decía vuestra *majestá*?

—Que qué lienzos has pintado para los duques.

—*Majestá*, dos, *majestá*; decoran ambos el salón Cuadrado de palacio.

—¿Son grandes?

—Sí, *majestá*. El señor duque me encargó expresamente que fueran «bastante grandes».

—Los míos, más. Quiero tres o cuatro, más grandes que los de San Telmo.

—¿Con qué temática?

Menos mal que se había dejado de *majestá* para acá, *majestá* para allá. Me traía majareta perdida.

—Con temática; con temática, por supuesto —dije—. Pero muy grandes.

—¿Costumbristas, como los de los señores duques de Montpensier?

Ahora la que agachaba la mirada era yo, asintiendo con el mentón. La boca, fruncidita, con los morros hacia fuera.

Silencio.

Y el bigotillo con mocos aguados del francés que vibra, que se mueve como si fuera a salir por ahí su voz y no por la boca.

—Uno de los cuadros lleva por título: *Una cofradía pasando por la calle Génova*. El otro: *Baile de gitanos en los jardines del Alcázar* —se atrevió a señalar.

Dejé de asentir. Por temor a que se me quedaran las arrugas de la mueca para siempre, si no relajaba los labios.

—Mis lienzos que sean todos de jaraneo.

El entrecejo del pintorcillo pareció clavarse en el mío, como si quisiera descubrir a qué me refería.

—Que te dejes de semanasantas; quiero bailes. Jarana.

Dicho lo cual, hice ademán de que se quitara de en medio hasta más ver. Me había dejado agotadita de tanto darle a la sesera. Cómo no sería que pedí que me trajeran de seguido unos dulces de las monjas, con su bizcocho, con su cidra, con su almendra, con su azúcar glas.

Devoré los piononos, los petisús y los borrachitos de licor en un santiamén, delante de François Guizot, a quien había requerido para que escuchara nuestra conversación desde la habitación de al lado.

—Señora mía, tiene usted el diablo en el cuerpo —dijo.

Sabedor de que era el único hombre que no probara el hilo de mis sábanas a quien yo le consentiría tal comentario.

—El diablo, Dios nuestro Señor y el Espíritu Santo. Créeme, Guizot, en estas carnes mías caben las tres personas de la Santísima Trinidad y el mismito Enemigo de todas ellas.

—Todas esas personas, a más de la de vuestra majestad, tienen esta noche un baile.

—Deja que esperen esos petimetres. Nos encomendaremos a la Virgen del Buen Aire, de San Telmo, a ver si le da uno bien grande a la santa madre de todos ellos.

Así pues, me hice de rogar. Con la esperanza de que se llevara una ventolera a tanto amarrido; sin mí no podía comenzar la cuchipanda. Sin embargo, bicho malo nunca muere; de tal forma que cuatro horas más tarde de lo previsto nos aguardaban todos los bichos vivitos y coleando.

22

A diez varas de los Montpensier el olor a naranjas se apelotonaba adentro del carruaje. Me deshice de los guantes azulones y empecé a rascarme con furia primero entre los dedos de las manos, luego en la cara interior de las muñecas.

—Que las vendan, demonios, antes de que me dé un patatús.

Me daba en la nariz que don Antonio de Orleans no había hecho aún negocio con ellas a fin de acabar conmigo a gajazos, pues conocía que a la reina de España la mataban los olores. Al objeto de comprenderme, claro está, habría que haber vivido con Paquito.

Ya en palacio, a medida que ascendía peldaño a peldaño, me iban a más los picores desde las axilas hasta los tobillos, pasando por el sarnazo de ombligo y muslos. Y es que San Telmo no sólo olía a naranjones gordos de huerto; olía también a hermosura, incluso el aire allí se antojaba de porcelana exquisita.

Por ponerle un defecto, le grité a la infanta en cuantito la tuve delante:

—¡Tienes la escalera *esquiná*, igual que el moño!

Como casi todos los presentes debieron de escuchar la exclamación, los murmullos se desbocaron a quijada limpia; digo yo que poniéndome de vuelta y media. Y luego el vocerío fue desbravándose, apoquinado, mientras me movía entre los asistentes regalando sonrisas y golpecitos de abanico. Iban abriéndome paso dos filas de nazarenos con frac, la Virgen en medio, bajo palio, toda yo iluminada, cuarto y mitad de reverencias, refulgía con mi traje de brocados en seda azul con un escote que no era escote, era la proa de la *Numancia*, abajado, a revientes, y fue entonces, toda yo luz de luz, cuando reparé en un vestido también añil, los hombros para comérselos de rebonitos sin que parecieran chorizos *entripaos*.

—Majestad —dijo el escote.

Las rodillas del mismo adentro de las faldas que si me doblo no me doblo.

—¡Amalia, tú por aquí!

Y la reina toma a la condesa de Vilches por los huesecitos de sus hombros, qué hombros, y qué huesecitos, para terminar tirando de ella hacia arriba. Lo poco que le ha costado a esta lagartona bajar y lo mucho que me cuesta a mí subir.

Luego de cogerla por el brazo diestro le digo:

—¿No tenías otro vestido, tunanta?

—No imagina cuánto lo lamento, señora. Si lo hubiera sabido…

—Si lo hubieras sabido también te lo pones. Que nos conocemos.

La muy ladina ha acudido a mi baile con las telas con las que acaba de retratarla Federico de Madrazo, mi pintor de cámara hasta hace más bien poco.

—Qué hembra —llegaría a decirme Federico.

Ese día le pregono que no vuelva a palacio. Sobre todo porque a la condesa de Vilches le ha cobrado por el tal retrato la suma de cuatro mil reales, la mitad que a mí. Y eso no se lo consiento yo ni a Madrazo, ni a Winterhalter, ni a Gutiérrez de la Vega, ni al más pintado.

Amalia de Llano es nueve años mayor que la reina, pero la

reina parece mucho más vieja que ella. Así la dibuja Madrazo, que se la come con los pinceles: chulapona, picaruela, hermosa como sólo puede serlo Amalia porque no existe hembra más hermosa.

—Menos mal que tu azulete tira a violeta —le digo.

Y es entonces cuando ardo de calores y noto que soy entera una roncha en cal viva. Al fondo de esa cal, el esqueleto de un rostro caballuno. Los ojos, más fuera que dentro. Los dientes, alimonados. Y la sonrisita de lela que va a tragársela como no deje de mirarme con segundas. La *leidi* de los corderos de casa Botín. La *leidi* de los pies de sílfide, de la cintura de maniquí; la *leidi* con retrancas de avispa y otra vez con sus gasas, ahora de un blanco roto, que no tiene esta mujer medida, válgame Dios.

—Es usted como el Espíritu Santo: está en todas partes y en ninguna —le escancio en la crin castaña.

—Lady Emmeline Stuart-Wortley, a quien creo que ya conoce vuestra majestad, acaba de recalar en Sevilla tras su viaje por las Américas —me explica Amalia, mirándome con el rabillo de las lilas de sus ojos.

Y la *leidi* que no dice ni mu, pero lo dice todo con esa boca que no tiene cierre. Entre ésta y las pitañas de sus párpados, lo menos una recta de hipódromo.

—Me cuentan mis señores ministros que no están precisamente para viajes las Américas.

Si con ese escupitajo la *leidi* se muerde la lengua, es que no es la *leidi*.

Es.

—Las costumbres de México no distan mucho de las de España —dice—: seguir vivo y marchar en paz, desplumado.

Carcajada unánime del auditorio, cada vez más numeroso a nuestro alrededor.

—Lady Emmeline nos contaba la receta para escribir un

romancillo gitano: negrura, desesperación, muerte y misterio
—dice Amalia.

Y se me hace que ésta —sin dejar de mirar a la inglesa—
detiene en su corazón, un rato grande, el abanico oriental de
madera negra lacada en oro. «Como me llamo Isabel que éstas
dos andan en líos», me digo.

—Qué os parece la mezcla, señora —prosigue la condesa.

—Un batiburrillo, como todo lo inglés. Pides un tinto
en las Inglaterras y te dan un brebaje entre horchata y zarza-
parrilla.

Risas atipladas de opereta. Tantas que parece que puedan
tragarse el jeroglífico de las baldosas de este salón de Espejos.

Aguanto la lengua unos instantes más antes de entrar con
el estoque.

—Sin mencionar esa manía suya de llevar encima dos o
tres relojes, al compás de cuerda.

Y casi me orino encima de gusto por verla desamparada
entre tanto flamenco y castizo. La más castiza de todos: yo, la
reina de España.

Para que continúe la chanza hago el gesto de darle cuerda
a un reloj imaginario, mientras desplazo la cabeza muy suavemente de un lado a otro. Luego alejo un poco la vista, con
recochineo, y vuelvo a detenerla meditabunda en un reloj que
no tengo.

Los jajás se despatarran por el graderío. No obstante, me
niego a mostrar benevolencia y a solicitar el perdón de una
vaquilla que no parece ver el momento de esconderse en los
toriles.

Es la infanta Luisa Fernanda la que sale al quite, a capota-
zos con su voz redonda de contralto.

—No presumo que los españoles seamos más felices por
nuestra impuntualidad —dice, para concluir—. Por ejemplo,
¿es la reina hoy más feliz que ayer?

Bruja. Mala pécora.

—Cuatro horas más feliz, ella; cuatro horas de plante, nosotros, aguardándola —dice un prójimo.

La risotada se expande a resquebrajos por los espejos del salón de baile de los Montpensier.

El rufián del chascarrillo ha de estar a mis espaldas, a una distancia de siete o diez cuerpos. Isabel, la mujer, se hubiera dado la vuelta de inmediato para retarlo. Mas no es momento de que la católica majestad de doña Isabel II aprecie una ofensa en lo que lo es y de las gordas, delante de los grandes de España. Pues, sabiéndola débil los presentes, la llevarían sin dudarlo, sujeta con grilletes, caminito de su desmiembre en el foso.

Y, ¡hala!, a Suiza.

Ahí es cuando la inglesa le echa mandangas para llevarme del tendido perruno de sombra al calentito de sol:

—«Si perdiste los anillos, te quedan los dedillos», cantan en Granada las mocitas —me susurra acercando sus dientes a mi oreja derecha—. Nada de achiques.

La miro igual que si mirara a otra Isabel. A otra yo. Cómo puede saber tanto sobre mí, cómo puede sentir mis dudas y mis miedos antes que yo misma.

Roza la morcilla de mi codo enguantado con la pelusa bravía de su antebrazo. Le sonrío. Lo que daría en ese momento por ser ella, sin guantes, sin decoro. Libre.

Nadie parece habernos prestado atención, porque la risa suele obnubilar las entendederas.

—¡Ayayayay! —reprendo papelona a tan ilustres invitados; las manos en jarras. El cuerpo, un girito acá, un girito allá—. Como me dé por quitar honores y títulos me quedo más sola que la una.

Los primeros segundos son de desconcierto; se me hace que no saben si reír o llorar. Apanfilados como ovejillas. Después, poco a poco, va elevándose un bisbiseo, igualito que los jipíos de un recién nacido que busca la teta.

—*Amos*, no iréis a decirme que os doy miedo a estas alturas.

Lo cierto es que no paran de observarme un tanto espantados; son tan poquita cosa en cuantito les tocas el título.

—¿Qué español que se precie de serlo no habría de temer los caprichos de vuestra majestad? —aprovecha para interrogar la infanta.

Emplea el mismo tono de pataleta que cuando, de chicas, me zampaba su plato.

Pues te fastidias, doña perfecta en tu corte de ratas.

—Y, sin embargo, quién no se cambiaría por un español —dice entonces mi inglesa del alma, que tiene salida para todo—: «y vivir cien prósperos años, todos sin prisa, problemas o daños».

El público recibe la coplilla con vítores:

—¡Viva la reina!

—¡Viva!

—¡Viva la princesa de Asturias!

Le dicen vivas a mi primogénita, la serenísima infanta Isabel; en ese momento la única de mi prole que ha sobrevivido al parto. Esos busca-ruidos de San Telmo desconocen que doña Isabel II de Borbón se encuentra más abultada de carnes porque está otra vez encinta.

Y que tal hecho de ninguna de las maneras es achacable al rey.

23

Las revoluciones que se ven venir, vienen. La de julio de 1854 vino. Unos días antes mis ministros, jugándose mi dinastía a cara o cruz, me habían asegurado:

—Cuatro gatos que maúllan mucho.

Menos mal que eran cuatro. Si llegan a ser veinte, no lo cuento.

Aunque yo me inclino a creer que lo conté porque las sublevaciones de Madrid vinieron de noche y con mucha prisa. Fueron barricadas que empezaron a oscuras, con piedras, palos y armas viejas de la primera guerra carlista, para acabar de cantes, con guitarras y bandurrias. A la luz de farolas de aceite o de velas de sebo.

Cuando se enteraron los insurrectos de que a quien apodaban la Polaca, a la sazón mi muy querida mamá, se iba de España con su señor esposo y sus criaturas, y que yo reconocía en un manifiesto «una serie de deplorables equivocaciones» que me habían separado de mi pueblo, se quedaron tan contentos. Ni que decir tiene que con el hurra en los labios al saber que nombraba presidente del Consejo de Ministros al general don Baldomero Espartero. Mi duque de la Victoria.

Sólo Guizot había tratado de advertirme de las harturas de los españoles ante los desmanes de doña María Cristina por medio de su íntimo amigo, el delegado francés en la corte:

—No existe en España negocio industrial en que su madre de usted o el duque de Riánsares no tomen parte.

Parte en la Ley de Cajas de Ahorro y Montes de Piedad con la que únicamente ahorraron ellos. Parte en las obras gordas, como la del puerto de Barcelona, otorgada sin subasta previa. Parte en las minas, los ferrocarriles. Parte en mi canal de Isabel II.

Parte en Isabel II entera ibera.

Prefería ver a los barricaderos felices que en otra trifulca muy grande en la plaza Mayor. De modo que, teniéndolos alegres, salí pitando para el Real Sitio de Aranjuez por si cambiaban de parecer y se me ajumaban nuevamente. No era cosa de olvidar que la reina había llegado a tener detrás de las revolucionarias cajas, llenitas de piedras del pavimento y cubiertas luego con esteras y colchones, hasta a los mejores espadas de la Villa. Y eso que los toreros habían sido siempre muy de la soberana de España. Y ella muy de ellos.

Me fui al palacio de Aranjuez, asimismo, porque Madrid —con tanto incendio— olía a chamusquina. Quien más quien menos estaba con la mosca detrás de la oreja. No digo más que, incluso en el nuevo teatro Real, la Gazzaniga cantaba *Norma* y *El trovador* con la vocecilla *metía pa'dentro*, como aguardando una pedrada o el chasquido de los avíos de encender aplicados a una pajuela de azufre al objeto de prender una mecha. Y a las corridas, quién iba a acudir a las corridas a regalarles olés a los toreros si decían que el mismísimo Joselito Muñoz, Pucheta, había ayudado a las vecinas de la calle Preciados a levantar su barricada, con macetas de geranios, al grito de:

—¡Viva el pueblo libre!

Y tan libre que iba a quedarse, pues desde luego yo me quitaba de en medio.

Leopoldo O'Donnell me dijo que nones a lo de irme. Yo le dije que renones a lo de que me quedara.

—No es momento de viajatas —insistió—: Madrid vuelve a amar a su reina.

—Si Madrid ama algo, ten por seguro que es el escándalo.

Quizá a la pillería no hubiera de tenérsele consideración de ningún género pero sí había de tenérselo, si la reina sabía lo que costaba un peine, a este mangante y a quienes, como él, voceaban que, siendo yo quien era y como era, comprometía el porvenir de las instituciones.

—El cólera —fue la excusa que terminé por ponerle a O'Donnell para que entrara en blanduras, mientras limpiaba los pucheros de la princesa de Asturias con mis propias manos.

Leopoldo, no sé si porque a fin de cuentas me quería, claudicó. Y yo casi beso la nariz de la infantita.

—Es menester que esa mujer testaruda desaparezca de la capital unos meses.

Eso fue lo que Emmeline creyó escucharle al duque de la Victoria, a nuestras espaldas, en tanto subíamos al tren camino de desaparecer en Aranjuez. Unos meses. Las dos juntas.

Lady Emmeline Stuart-Wortley —de soltera, Emmeline Manners— y yo, doña Isabel II de España, estábamos muy unidas desde nuestro encuentro en Sevilla. Aunque pasáramos períodos sin vernos, pues mi inglesa viajaba más que un arriero. Iba y venía, de visita al zar Nicolás I de Rusia o a madame Leticia, la mamá de Napoleón, o a los descendientes otomanos del sultán Mahmoud II. Nada extraño en una mujer que había cruzado en barca el istmo de Panamá o atravesado Francia e Italia bajo los cañonazos de 1848. De la mano de su hija.

Pero siempre, siempre, regresaba al lado de la reina.

—¿Cómo es Rusia? —le preguntaba yo entonces, a balanceos en la mecedora de mi tocador.

—Ruidosa. Como todo lo que empieza por erre.

—¿Y Perú?

—Diez Españas.

—¿Y sus mujeres?

—Igual de fanáticas que las vuestras. Todos sus nombres están relacionados con la Virgen.

—¿Y los hombres?

—Trogloditas.

—¿Qué tiene Constantinopla que no tenga mi Madrid?

—Que cocea como una mula y huele como si toda ella estuviera hirviéndose a la lumbre.

—¿Cómo era el sultán?

—Cuando él abría la boca, se te quemaba la lengua.

—¡Un hombre!

—Lo fue. Por eso tuvo veinte esposas.

Preguntas y más preguntas de una reina que había viajado como mucho a Portugal y a algunas provincias de España, y gracias. De mi inglesa, ningún interrogante. Ningún reproche. Ningún qué has hecho, con quién has estado o con quién has dejado de estar.

Emmeline sabía que Isabel, dejar lo que se dice dejar, había dejado de estar con muy pocos. En aquella época la soberana de España se ocupaba de favorecer mucho y bien a los jóvenes en cargos muy altos de la corte, y a los gentil-hombres bisoños.

—A éste hacédmelo duque en el próximo Consejo, que tiene cara de batallador —le decía al también duque de la Victoria, don Baldomero Espartero.

—¿Duque? No tiene edad para haber entrado a la carga en un combate.

—A ello se encamina con la reina: a una acción gloriosa. Demos gracias a Dios.

—Al diablo, dirá más bien, señora mía.

—Uno y otro lo eximen del pago por tal título a la Hacienda, que ya me lo cobro yo.

A la reina le gustaba enseñarlos, puesto que ella había tenido la oportunidad y el privilegio de aprender innumerables artes. Amatorias. A saber: la primera vez que apretó los músculos íntimos, para agarrar con firmeza el miembro de un marquesito nuevo, casi a desvirgar, el pobre se llevó tal susto que estuvo a esto de una llantina. Pensaba, digo yo, que jamás volvería a ver su verga, atrapada por los siglos de los siglos en esa augusta cueva tapizada con un vello castaño.

—Introduce un dedo en lo mío —le dije en otra ocasión a un barbilampiño conde que calzaba un cuarenta y cinco de pie.

Y de miembro.

—¿Aquí? —dijo con el índice izquierdo dirigidito a mis ingles.

Por lo visto era zurdo para todo.

—¿Dónde va a ser si no?

Metió el dedo.

—Adentra dos, que entre los dos te hacen uno.

Introdujo también el dedo corazón.

Y a los mismitos latidos me llegaron ambos. Porque eran finos pero largos como fustas.

En las semanas que siguieron le enseñé muchas cosas que desconocía y, en cuanto las hubo aprendido y probado conmigo a espuertas, lo despedí.

No es bueno que el discípulo sepa más que el maestro.

Dichas enseñanzas, con sus aprendizajes respectivos, discurrieron incluso recién parida. La niña había nacido horas antes de la festividad de Reyes de ese año de 1854. Viva. No obstante, había muerto al tercer día —al contrario que Cristo nuestro Señor— por un enfriamiento que los médicos atribuyeron a la larga ceremonia de exposición de la recién nacida, desnuda, ante la corte.

A Emmeline me había agarrado durante las doce horas de parto tan fuertemente, en cada contracción y luego en cada pujo, que a punto estuve de desmembrar a tirones su cuerpo de mírame y no me toques de tacita de té inglés.

—¡Si de verdad me estimas, líbrame de este dolor! —creía haberle gritado.

Lo que no conseguía traer a mi mente, más tarde, eran las palabras que ella me contaba que pronuncié cuando la nueva infanta principió a llorar sin piedad alguna del desorden de mis nervios.

—Recuérdame que no vuelva a mirar a un hombre ni de lejos.

También estuvo conmigo mi inglesa cuando, al tratar de ofrecerme a mi hija —ya satisfecha de la teta del valle del Pas de su ama de cría—, rechacé su contacto.

Yo. Una guardia civila, alzada la mano diestra; la izquierda estaba bajo mis riñones, que ya no sabía si eran míos o de otra mujer.

—Preciso dormir, pero que me traigan antes un cocido con su buena morcilla.

Sin embargo, entrada la segunda mañana tras el alumbramiento, Emmeline Manners partió hacia Inglaterra. Un abejorro amigo suyo, Benjamin Disraeli, conde de Beaconsfield, se encontraba en los apuros de costumbre: a carreras por el empedrado de Londres para eludir la persecución de sus acreedores.

Fue este maldito judío sefardí quien le habló por primera vez de emprender viaje a Tierra Santa.

—He visto allí más cosas de las que recuerdo, y recuerdo más cosas de las que he visto —le dijo.

Y me la engatusó con sus Jerusalenes, sus Beirutes y sus Aleppos.

—Yo también he visto más cosas de las que recuerdo sin

irme al coño del mundo —le dije a Emmeline, con un mohín de suficiencia.

—Isabel, la juventud es una locura; la madurez, una lucha; y la vejez, un lamento.

No entendía yo qué demontres significaba aquella retahíla.

—Una reina carece de edades —alegué, por decir algo—. Soy una casa, la de Borbón.

—Las tienes, igual que yo las tengo. No voy a lamentarme sin luchar.

Pues si era el tiempo del combate, yo también pelearía, cuerpo a cuerpo, con cualquiera que se diera maña de desanudar mis bandós.

24

Había, en Aranjuez, muchas y muy buenas caballerías.
Sus presas y acequias —cuya misión era la de canalizar las aguas para los riegos de la vega, a más de contener la fuerza del río Tajo evitando daños en tierras de siembras y pastos— lo convertían en un vergel, ideal para las carreras.

Se decía de este Real Sitio que tenía tanto verde que, si levantabas una piedra desde Semana Santa a finales de septiembre, te salían diez potros al galope. Pese a que los jinetes más jóvenes prefirieran no montar a según qué horas del estío. Sobre todo si eran muchachos muy cuidadosos de su persona; huían entonces de la montura igual que de las penas eternas. Como si a las yeguas con corona no les estuviera permitido sudarles los sobacos o chorrearles los bajos por entre los muslos.

El calor —insoportable en los trotes de las siestas— fue la razón de que doña Isabel II mandara instalar aquellas jornadas de verano un sistema de refrigeración en palacio. Al objeto de poder cabalgar adentro del mismo sin tener que sacar la jeta a campo abierto. De ahí que, sobre las baldosas de barro cocido de la planta principal, se dispusieran esterillas. Al regar éstas, el agua se evaporaba refrescando la vida y las pasiones.

Como consecuencia de ello las carreras de interior se hicieron más seguidas y más célebres sus distancias.

De muerta estoy empezando a comprender que el dormitorio real de Aranjuez, con cama de caoba y bronce dorado en forma de góndola, ha sido de mis dependencias privadas aquella en la que me he sentido más viva. Y no precisamente durmiendo; ¡con lo que yo he sido para la modorra! De las veinticuatro horas estivales del día, pasaba allí lo menos dieciséis. Bajo el dosel con colgaduras de seda de Damasco; del mismo color amarillo de las paredes. A la luz del quinqué de la lámpara central. Las otras ocho horas, en las habitaciones contiguas: el tocador y el gabinete de porcelana.

Remendando España.

Emmeline y yo. En ese verano de la bendita revolución del 54.

—Somos lo que pensamos —me dijo una noche a la mesa, tras haberme visto aparecer desgreñada y ojerosa.

Convencida de que yo sentía los golpetazos de calor porque pensaba en ellos. Y no en nieves y tormentas.

Me exudaban incluso las uñas. Los poros de mis pieles eran hormigueros chiquitos. En ellos había agua, agua, agua.

—Es lo que Aristóteles denominó «*akrasia*» —argumentó la marisabidilla—: nuestra debilidad de voluntad nos hace elegir lo más cómodo, aunque no sea lo más conveniente.

—Quédate con tu señoritingo Aristóteles del pan pringado que yo me quedo con mis mocetones de aceitunas y queso de oveja. Quizá se den tontos, pero pasan por más sabios que el tuyo.

Pedí café antes del menú palaciego para no comerme aún medio dormida la sopa de arroz clara, de pan y cocido, seguida de frito de croquetas, buñuelos de sesos y perlanes de jamón. Luego vendrían el pavito asado y la menestra de patatas.

Y mi inglesa siguió y siguió. Pues estar a su lado era como abrir el portón del número veintidós de la calle de la Montera y tener a todas las cabezas grandes y chicas del Ateneo de Madrid retándote en oratoria.

La dejé hablar, regañarme, hacer rechiflas de una soberana de España que ruborizaría a un tal Platón, que había dicho no sé qué de una caverna. Si a ella le caía en gracia ese Platón, a mí también me caía en gracia. Porque los platones en boca de Emmeline sabían a gloria; una gloria que me impedía envenenarme con los señores ronquidos del rey consorte, al otro lado de la pared con arrimaderos de estuco.

Nos hallábamos en la pieza que separaba mis habitaciones privadas de las de Paquito. Yo, despierta. Él, por lo que parecía, durmiendo.

—Preciso otra luna de espejo para mi armario —me había dicho mi esposo nada más recalar en Aranjuez—. Esta de ahora me deforma.

Llevábamos sin vernos tres levantamientos, dos cambios de ministerio y una revolución y media.

—Lo que puede deformarte es tu retrete; cualquier día te pierdes por el hueco de la taza de porcelana esmaltada.

Y eso que su retrete era la mitad que el mío, un mueble tan grande como una mesa de billar. De caoba, con marquetería, cajones y tirador.

Hasta para cagar quería yo dejar constancia de que era la reina de España y él, un intruso de emprestado.

—¿Por qué habrá de ser pecado desearle la muerte a alguien? —le preguntaría más tarde a mi *leidi*.

—No soy yo a quien una española de comunión y misa diaria ha de referirle sus culpas.

Lo dijo ya cuando el órgano de flautas del reloj de Jean-Antoine Lépine, situado sobre una consola del anteoratorio, dio las dos de la madrugada. Las dos, juntas, en el baño. Emmeline Manners dejada caer como un periquito de marfil sobre una de las sillas etruscas de mi despacho. Eran feas como ellas solas pero, como a cómodas no las ganaba nadie, me había hecho traer tres para que rodearan el mármol blanco de la bañera. .

Yo adentro del agua, que rebosaba por los bordes.

—Ábreme la puerta, que entre el fresquito del jardín.

Como el baño era una dependencia interior del tocador, con los dos ventanales de este último de par en par, podía colarse en él algo de la brisa delantera de las fuentes del parterre y, sobre todo, de la ría del Tajo, a nuestra diestra.

—El corpachón de hoy lleva la batuta en los archivos del Ministerio de Gracia y Justicia —dije.

Mientras el miembro del susodicho parecía grabárseme agua adentro, como si aquél picara espuelas nuevamente sobre mis ancas traseras.

—Cuídate de su mujer. Se antoja una cuitada de las que le cosen camisitas al Niño Jesús, pero también pudiera ser de las que las matan callando.

—Pues que le pida a la Virgen que la saque de penas.

—Hazme caso: no te metas en fregados de alcoba, Isabel. Que después la única que sale mojada es la reina.

—Mojada y bien mojada. ¡Qué hombre! ¡Qué planta! ¡Qué todo!

—Me he enterado de que, con él, te tenían la zancadilla preparada los progresistas.

—Pues sus amenes han llegado al cielo.

—Algunas veces resulta imposible dialogar contigo.

—No tiene hijos, y él añade que ni mujer que se los dé conforme a sacramento. A lo mejor conmigo la Providencia lo asiste.

Lo decía yo porque en el frenesí del amor le había oído murmurar:

—En el nombre del Padre, del Hijo y del Espíritu Santo. Amén.

Luego de darme la lección sobre los puntos cardinales del gozo, que yo recibí otorgándole las mejores calificaciones, lo había convocado al día siguiente para un examen de reválida. No sé si fue en ese momento último —el de la despedida en el dormitorio real, abrazados a la verita de una tabla de origen flamenco que representa la Torre de Babel— donde su espalda me recordó a mi asiento de montar, de cuero repujado y paño de lana.

Le referí a Emmeline —que se había acercado hasta tocar la bañera con sus rodillas, trayéndose consigo el confidente— lo de las espaldas de mi hombracho a modo de grupa.

—No estás en tus cabales —dijo.

Y me hundió la cabeza dentro del agua. Del ímpetu de carnes sumergidas se desbordaron olas por el damero de baldosas negras y blancas.

—Sé que me quieres, pero se te pasan los meses sin venir a decírmelo —dije, asomando la testa por el borde de la bañera.

La barbilla reposadita sobre el anverso de la mano siniestra, situada encima de la derecha.

Desternillada. Porque, con lady Emmeline, doña Isabel II reía a todas horas.

—Me duele aquí cuando no estás.

Le señalé un punto de mi vientre, medio palmo por encima del ombligo.

—El dolor no es mala cosa.

Retiró un mechón de mi pelo que lamía mi pómulo izquierdo.

—Pues ¿qué ha de ser? —interrogué, en tanto que salpicaba su camisón con ambas manos.

—Una cosa. Ni mala ni buena.

Y entonces mi *leidi* elevó sus nalgas como de espuma del asiento azulón y me abrazó con una angustia, con un ímpetu que me taponó los oídos. Mi cabeza entera entre sus brazos, que siempre había dado yo por frágiles y meditabundos.

Cuando cesó su bravura de afectos, tiré del llamador del servicio para que nos trajeran dos de las botellas de vino que había enviado el diamantista Samper.

—Con el trabajo que le das, debería regalarte los viñedos en lugar del borgoña —dijo Emmeline, una vez solas.

La parte delantera de su camisón parecía haber enverdecido, haciéndose una con las bandas de las paredes del baño. El tejido de gasa transparente se hallaba empapado a salpicaduras. Desde el escote a las rodillas.

25

Mi archivero de Gracia y Justicia era un prenda que llevaba entre sus carnes la idea de ser un héroe.

—En España siempre estamos en posición de corveta; a la que salta —dijo.

Era la postura de un caballo que equilibra su peso sobre las patas traseras mientras mantiene las de adelante en alto.

—Por ahora suspendes —respondí.

Nos encontrábamos en los preliminares del examen de reválida.

Yo, boca arriba. Sobre las esterillas húmedas del barro cocido del dormitorio. En los frescos del techo la monarquía española se rodeaba del Tiempo, las Ciencias, las Artes, las Virtudes y la Ley. También de la Justicia, que tenía los pechos como melones; más grandes incluso que los míos. Los brazos, desnudos.

—Falta el Goce —dije.

Y mi archivero, encima de la reina, echó la nuca hacia atrás para poder ver lo que yo veía.

—Sólo es una alegoría del poder real —dijo, para meterse luego en la boca mis dedos índice y corazón de la mano diestra—. Tu verdadero poder está aquí abajo.

E introdujo los dedos que él había chupado adentro de mis ingles, mientras acariciaba con el pulgar ese saliente mío, rojo, que Serrano llamó clítoris. Yo prefería llamarlo corazón porque palpitaba más que el contenido en mi pecho. Latía y bombeaba sangre como si en él cupieran enteros los litros y litros que corrían por mis venas. Cuantísimo placer se pierden las hembras que desconocen ser dueñas de dos corazones y que de ninguno de ellos cabe prescindir para continuar con vida.

—En mi mujer todo es fingimiento.

Lo dijo al comprobar cómo mi cuerpo se arqueaba por su cuenta, cómo mis piernas se abrían sin permiso a la vez que mi boca buscaba su lengua. Y entonces mi archivero me regaló su miembro para que yo lo atrapara y aspirase, una vez, muchas veces, y, antes de gemir, añadió:

—Insisto en que tome azafrán, chocolate y virutas de vainilla.

—Y cebolla. Mucha cebolla —dije.

Distendí los músculos más míos de adentro y solté un ápice su verga; luego volví a succionarla con más ímpetu. Él comenzó a empujar aprisa como si estuviera solo, sin Isabel II bajo sus vellos, y entonces fue cuando detuve sus movimientos encarcelando lo que él creía libre y que era mío, un obsequio para su soberana. Vuelta y media de llave, quieta. Los nudos de las esterillas del suelo tallados en mis omóplatos y en las nalgas.

Sobre todo en las nalgas.

—Soy la reina que ha abierto los archivos a la investigación —dije.

Y él comprendió que habríamos de investigarnos mutuamente si quería descargarse. Por eso, aliviado de mis prisiones, prosiguió su balanceo interno ahora más pausado, a mi compás; a fin de cuentas era mi palacio, mi alcoba, mi suelo de barro. No era él quien había de hacer sino dejarse hacer por mí. Y lo hizo: era un mocetón de estudios; había investigado aquel crimen famoso en el Reino porque la víctima era el juez de una villa granadina y el asesino el presbítero.

Un hombre así entiende con poquito que le digas.

—En cuanto uno sabe cuál es su sitio, todo marcha como Dios manda —dije.

Todo.

Más aún el amor.

Marchamos juntos hacia el placer, sí, profundamente, al mismo tiempo. Cuando hubimos terminado, él se puso de rodillas para levantarse e irse. Creía, supongo, que su labor con la reina había sido hecha.

—Me declaro «inacabada» —dije.

Y mi archivero, que era un prenda instruido, debió de darse cuenta de que doña Isabel II tenía para más y que no iba a conformarse con menos. De ahí que bajara su rostro hasta mi vulva y comenzara a frotar la punta de su lengua con el corazón al que yo le tenía más estima.

—*Cunnilingus* —dijo, dándoselas de corpachón versado en relamidas.

Le agarré la cabeza entre las manos y la subí hasta mis labios, al tiempo que lo hacía volverse bajo mis pechos.

Besaba bien; eso no se lo quitaba nadie. Y cabalgaba mejor.

—Hay hombres que han nacido para chupar y otros para joder sin latinismos —dije.

Me pareció ver que enrojecía, como si se hubiera preparado para cualquier imprevisto de ese examen pero no para que la reina le escupiera un «no apto».

—Déjate de azoros; esta que ves es más de interiores que de exteriores.

Me faltó decirle según con quién y en qué circunstancia. Pues a un amante hay que guardarle secretos; si no, se abandona en sus aprendizajes en la confianza de que te conoce.

A fin de conocerme mejor, deslizó adentro de mí su verga y, dado que su primera descarga era muy reciente, hubo de empujarla con la mano. Siempre al quite, adelanté las mías también. Al poco le acaricié la base del miembro y los testículos a la vez que se movía. En un decir Jesús lo suyo se endureció y ejecutó los ritmos que se le demandaban, adentro y afuera. Afuera y adentro. Sin dejar que se saliera, roté mis carnes todas hasta darle la espalda. Él apretujó mis nalgas levantando y dejando caer a la soberana de España sobre sus dominios plenos.

Mi cuello hacia atrás, flexible sólo en el amor, a un tris de dejar reposada mi cabeza sobre el pecho del amante cuya mujer fingía incluso repleta de chocolates y vainillas.

Calzaba un buen pie el gachó; sin embargo, nunca he tenido más hambre que así arqueada. Y menos tripa, como si pesara una tercera parte. Era volátil, pero quería volar más de lo que volaba. Los pechos, alas de águila. En lo alto, a un paso del cielo; por las bajuras de mis muslos, a un paso del infierno.

—Apriétame con fuerza en el descenso y luego suelta impulsándome muy alto —dije.

Ni aun así. No había manera.

De los vencejos notaba yo que su urgencia iba a menos; la mía, a más.

—No te achiques o la tenemos —ordené.

Fue ahí cuando mi archivero se remangó el orgullo y galopó con furia por praderas y montes hasta que la reina dijo:

—Basta.

No era cierto.

Por primera vez a doña Isabel II de España no le había bastado.

Lo que no quita que agradeciera el esfuerzo de un miembro en cuyo orificio habían llegado a aparecer unas venitas lilas y rojas, tras la refriega. Mi amante a pique del patatús. Las pupilas en los codos. Los jipíos de su pecho, entre asfixias, contrayendo las corvas.

Jamás he vuelto a ver relinchos semejantes. Semejante entrega para aprobar.

26

—¿Un estimulante?

El doctor don Gerónimo Lorenzo, a la sazón farmacéutico mayor de palacio, me lo preguntó dando un saltito hacia atrás. Una vez detenido su cuerpo, la tripa siguió balanceándose por su cuenta. Creo que fue ahí cuando discurrí que a ese vientre de trembleques le quedaban dos días.

Al final, fue un año. Pero acabó por morirse.

—El café —dijo—. No hay sustancia que mantenga el cuerpo más despierto.

—Lo que yo deseo es prolongar otros despertares.

Si le hubiera pedido alguno de los venenos o drogas que guardaba bajo llave en la rebotica, no se habría sulfurado más.

—A vuestra majestad acostumbra a calmarle sus males el agua de azahar —dijo.

Hizo ademán de ir a extraer el tal mejunje del botiquín homeopático con el que me perseguía desde 1844. Era un medio ataúd rectangular, de madera de palosanto y marquetería en metal dorado.

—Tómatela tú, Geronimín, que te hace más falta.

Con setenta y dos años mi boticario de cámara ya no estaba para escuchar lo que debiera sino lo que le daba la real gana, así que, después de levantar la bandeja superior, agarró uno de los tubitos de cristal que estaban en el compartimento de abajo.

Me lo ofreció, sin mirarme. Aún llevaba incrustado el tapón de corcho.

—En un ratito vuestra majestad sentirá su alivio.

Jeeesús.

Qué perrengue tenía este hombre con la dichosa agua de azahar. Me la hacía beber para las llagas de mis pieles, para las hemorroides, para los granos nerviosos, para las menstruaciones, para los embarazos, para los partos, para los estreñimientos, para las cagaleras…

Lo miré con lástima.

Una lástima que no me impidió dejarlo allí, la cabeza inclinada hacia delante, como si dormitara, y el brazo derecho elevado a media altura. Con el líquido milagrero acogotado por sus uñas.

Viendo que mi demanda no era cosa que pudiera resolver la medicina, recurrí a Emmeline, que sabía de todo.

—Yohimbina —dijo.

—¿Se bebe?

Realizó un gesto afirmativo con sus párpados: un ligero pestañeo, seguido de una mueca que si sonrío no sonrío. Y es que los paisanos de la reina Victoria son reservados hasta para asentir.

—Pero te lo advierto: los franceses empezaron a tomarla como juego hace un siglo y terminaron por necesitarla. —Me cogió de las muñecas antes de proseguir—. Hay cosas que es mejor no probar.

—Moriré si no la tomo —dije con decisión.

Entonces mi *leidi* extrajo un frasco opaco —del tamaño de la mano de un niño— de un estuche de madera de limoncillo, forrado de seda roja.

—La adquirí en mi viaje a Perú, para las heridas del ánimo.

—Ahora sanará otras heridas —dije.

Mi inglesa dejó reposar su mano izquierda, extendida, sobre mi pecho.

—Tus demonios no van a calmarse con brebajes, Isabel.

—¿Con qué han de calmarse, si no?

—Con la muerte.

Eché un trago grande del frasco.

—Si hay que morir, es mejor hacerlo estando viva.

Y volqué el resto del líquido gaznate adentro.

—Toma —dijo entonces Emmeline, entregándome un segundo tubo de cristal.

El último del estuche de seda roja.

—Es tu acompañante quien más va a precisarlo.

Con él urgiéndome entre los dedos salí escopetada hacia mi dormitorio. Una vez dentro, cerré con llave. Luego de guardar ésta en un bolsillo de mis faldas, inspeccioné la habitación contigua —el gabinete de Porcelana— a través del ojo de la cerradura. A Emmeline le gustaba esta dependencia del palacio de Aranjuez por muchas razones. Las dos primeras eran las seis sillas lacadas con chinerías, que imitaban el estilo inglés Reina Ana, y el piano blanco de la casa Collard and Collard, de Londres.

Mi *leidi* acababa de sentarse frente a él, en el taburete dorado con fondo carmesí.

—Interpretará un réquiem —susurré.

Pues el bebedizo, de viaje hacia mis venas, me decía que doña Isabel II de España se encaminaba a celebrar su propio entierro.

Cómo disfruté de mis muchas muertes y de sus respectivas resurrecciones. En conjunto, fueron cuatro días de duelos y despertares amatorios.

Cuatro días enteros.

Con sus noches.

En la hora prima de esos días Emmeline había iniciado los compases de un réquiem, sí, la última misa de Wolfgang Amadeus Mozart, que murió un verano sin terminarla. Conocía la tal obra porque mi profesor de música, Paco de Valldemosa, que era guapo de nacimiento, me la tocaba al violín siendo yo una pipiola.

—Hubo de ser su discípulo quien compusiera el *Sanctus* —me había ilustrado.

Mi *sanctus*, mi discípulo, me aguardaba con el apresto de su traje de oficial recién sacadito de una lancha con dos remeros. Nada más echarle el ojo, me lo había hecho traer por agua desde el meandro que describe el río Tajo en el extremo noroeste del jardín del Príncipe, junto a los pabellones de recreo. Fue verlo y comprender que nadie más que él podía ser el elegido para guiar la embarcación real hacia el cabotaje costero del goce.

Acababan de nombrarlo contraguía de la falúa de doña Isabel II.

Antes de que mi oficialillo pudiera dar viento a sus velas tras desabotonarme los hilos de oro y plata con pedrería de diamantes, ópalos y amatistas, mi *leidi* ejecutó a todo correr el *Introito* de mis funerales.

El piano como único instrumento.

No obstante, era como si yo pudiera escuchar a su vez los violines primeros y segundos, las violas y los violonchelos de su tirantez; las trompetas, el timbal y los fagotes con los que me salía con esas peteneras.

—Cambiarte a ti es tanto como hacerse con la piedra filosofal —me había dicho.

Entre el *Introito* y la segunda pieza, el *Señor, ten piedad*, ni un descanso para dar albedrío a mis nervios.

—Como si no estuviera —me digo muy bajito.

No está.

Para doña Isabel II tampoco está.

En cueros, la reina huele tendones y músculos de su oficial.

—Bebe —le digo.

Él acata la orden. Nada como buscarse amantes entre la milicia, acostumbrada a plegarse a un mando.

—Más, más —digo—. Que no quede ni una gota.

Y finiquita el frasco de Emmeline.

Parece que a él le hiciera efecto al instante pues me apretuja con unos arrebatamientos, con unas urgencias que ya no sé si son suyas o de la pócima, y pienso que lo mismo da: con que me haga efecto a mí, eso que hemos ganado, sobre todo yo, que anhelo alcanzar los más elevados placeres, sabedora de que han de estar escondidos en algún lugar, esperándome.

Mi contraguía ha de tener unos veinticinco años.

—Veinte —me ha anunciado él.

Imagino que le han ido con los malos decires de que la reina tiene querencia por los aprendices jóvenes.

—¿Qué es esa música? —interroga, mientras me pone a la lumbre cadera abajo.

Como se ha pasado más de media vida en quince metros de eslora no sabe que mi Emmeline está interpretando lo que está interpretando.

—Es para mi misa de difuntos —le digo a mi oficialillo.

—Acompaño a vuestra majestad en el sentimiento.

Y se separa de la reina como si hubiera de dejarla sola con sus duelos.

—Todavía no estoy muerta —digo encabritada.

Y le paso revista, y lo asedio, y lo abofeteo y le grito

—¡éste es tu puesto hasta que te diga lo contrario!

Emmeline eleva a aguardiente las notas del *Día de la ira*; las maderas nobles del piano chisporrotean

—haz fuerza de remos

y mi contraguía llama al bote a la orden, se acerca a la voz, pasa adelante y ocupa su puesto

—leva toda la escuadra —digo

él vira por la contramarcha, da socorro a la reina y atraca en la costa

y la voz de contralto de Emmeline, que golpea con más ímpetu que las yemas de sus dedos, no es una voz, es un ruego antes de la penitencia

ya no habrá comunión ni vida eterna para nosotras

y mi oficial y yo que seguimos hora tras hora a la tracción de remos, y la yohimbina que nos hace ir a más, qué suerte que Perú sea mía, míos esos indios de fornicamento seguido que escandalizaron no sé si a fray Bartolomé de las Casas, si llego a saberlo antes, y más horas, más, ignoro si es de día o de noche y Emmeline tampoco parece saberlo porque el piano no se queda en silencio ni un solo instante, y me da por pensar si no habrá algún frasco más del que no me haya hablado y es eso lo que le está dando fuerzas para tocar y tocar, y al poco o al mucho me olvido de ella, de la inglesa que vino del norte apacible al sur de los impulsos y el calor

—eres toda sur —me había dicho, sentada junto a mí en la falúa real, al contemplar cómo babeaba yo con las señales de día de quien gobernara mi barcaza

—tú, toda norte

—deseas un efímero mañana

—no —le había respondido—, deseo un perpetuo ahora

—el tiempo es una factura

y entre sudores gimo un tiempo largo, apoquino por él lo que haya de apoquinar, y sigo uniendo unos goces con otros, unas muertes con sus despertares, a mí la resurrección de la carne, a mí, y ya me parece escuchar una música remota, como si el gabinete de Porcelana con sus sillitas chinescas tan del gusto británico no fuera la habitación de al lado sino el teatro de Carlos III, en el otro extremo de mi palacio, tan lejos, sí, es la misma música, la misma melodía repetida una vez y otra, sin descanso, después no sé si allá por el tercer día sin que la reina dé señales de vida fuera del dormitorio suenan otras notas, en ellas hay gozo, y al momento prisa, dolor, y luego se me hace que las notas se ponen las unas encima de las otras, compiten entre ellas como dos amantes, ruedan, do, la, mi y ahora sobre ellas re, fa, y las redondas, las blancas, que corren, se pisotean, se llevan al agotamiento, más tarde vendrá la muerte que desciende para elevarse otra vez, como la vida: unos nacen para amar; otros, para ser amados sin pensar qué será de ellos más allá de ese instante del éxtasis de la carne, do alzada de nuevo a la gloria, re que la persigue, fa que no las dejará ir, se quedará sólo para asistir al final de tal disfrute entre ellas, y el piano de la casa Collard and Collard, adquirido en la Exposición de Londres, que se detiene.

No sonará ninguna otra vez en mi palacio, aunque en ese momento todavía ignoro tal hecho.

También desconozco que esa pieza última es la *Sinfonía inconclusa* de Schubert. Un *Allegro moderato* que se inicia erigiéndose desde las profundidades de los contrabajos y de los violonchelos para concluir en un *Andante* melancólico y tierno, que es el final de lo que no tiene final.

Será a François Raveneau a quien le pregunte, años más tarde, por esta sinfonía, una velada musical en su *château* Des Tertres.

—La he escuchado antes —le diré.

—Cuentan que a todo el que la dirige le suben fiebres.

Me subirán.

En el gabinete de Porcelana de mi palacio de Aranjuez.

Al punto de que, en la corte, se dispongan mis funerales.

Yo misma diré:

—He muerto.

Mientras relea la nota que una inglesa del norte le dejara a su soberana única en el taburete con fondo carmesí, frente al piano, y que la católica majestad de doña Isabel II de España descubrirá allá por el quinto o sexto atardecer después de su encierro amatorio:

Querida Isabel:

Tu reino no es de este mundo.

EMMELINE

PARTE SEGUNDA

Cuando la reina fue sólo doña Isabel

Ostende

Cuando tengo que elegir entre dos males siempre me gusta probar el que no he probado antes.

MAE WEST

27

Hay revoluciones que no se ven venir.
Ésas son las peores.

Un día eres el número quince en la lotería de cartones. La niña bonita. Y al otro, un desvencijado carruaje de colleras.

—¿Las cabezas engordan? —le pregunté a O'Donnell uno más de mis malhumorados despertares—. La corona me aprieta.

—Me han informado de que vuestra majestad no se encontraba bien.

—Sí, Leopoldo.

—Quiero creerlo —dijo con un mohín ofuscado—. Porque parece estar hoy muy mejorada.

Supongo que el jefe de mi Gabinete pensaba que me había hecho la pachucha para que me rindiera él cuentas de por qué la reina no podía comer pan.

—Dos años de cosechas malísimas —dijo.

—Los otros no han sido mucho mejores y, sin embargo, tenía con qué untar.

—Los saqueos han hecho el resto.

Me sonrió con una mueca de hastío.

—En lo tocante a quedarnos con lo ajeno, los españoles sabemos latín —dije—. En cambio nos dictan unos letrajos y nos azoramos.

Contemplé su planta de ángulo obtuso. Fue verlo como caído hacia atrás, con las manos que si me entrelazo en los riñones, e imaginármelo tendido en un catafalco. La reina rindiéndole honores.

—Vendrá con hielos este estío —dije.

Los vientos del norte acabarían por darme la razón.

Marceaba pese a ser verano, sí. El verano de 1866. En octubre mis pieles todas cumplirían treinta y seis años. En ellas habitaban de nuevo los eccemas y el pus. Desde que se fuera mi inglesa habían vuelto a mis días los vendajes de muñecas, codos, rodillas y tobillos, que engruesaban aún más mis majestuosas carnes.

Unos meses atrás había dejado que me retrataran por última vez.

—Casado —le dije a mi artista—, toma primero el dibujo del fondo y luego me llamas para el relleno de mi figura.

Fue decir relleno y estar a esto de abofetearme yo sola. De cuerpo, era cuatro veces más reina que en mi casorio.

—¿En qué lugar desea vuestra majestad que sitúe su augusta persona?

—El lugar es lo de menos; lo que importa es la postura.

Sentada, ni hablar.

Ya lo había intentado con Franz Winterhalter, que durante dos meses procuró encontrar la luz oportuna con que pintarme en mi sillón del trono. Caballete a la izquierda. Luego a la derecha. Delante, a veinte pasos. Más lejos. Más.

Y ni un trazo amarrido en sus telas.

—Si no das con la luz, píntame a oscuras —llegué a decirle, harta de contener la respiración—. Pero empieza ya, demonios, que tengo las nalgas acalambradas.

Al día siguiente se excusó con unas fiebres, el otro fueron las jaquecas, el de más allá los achises a los pólenes. Al cuarto, le solté:

—Cóbrate lo que se te debe y vete.

Mi secretario le entregó una bolsita de fieltro en la que la propia reina había guardado los carboncillos y espátulas del alemán, junto a las cerdas de sus pinceles.

Ya tenía sus dedos en la manilla de la puerta de mi recámara cuando le escuché:

—*Spanierin*.

Y fue el tonito con que lo dijo —el significado me era desconocido— lo que me levantó del asiento como si pesara cincuenta arrobas menos.

—Dicen que se te han terminado los encargos. Los monarcas europeos, desde Napoleón III a Leopoldo II, están decantándose por los daguerrotipos.

Winterhalter volvió medio cuerpo hacia los ventanales de la derecha, sin detenerse en su salida. Pareció decirle adiós al teatro Real, al otro lado de la plaza de Oriente.

—Será por la luz —rematé.

—Una moda —dijo—. Los reyes volverán a los lienzos.

Y, mientras cerraba tras de sí, apostilló:

—El papel de albúmina plasma los contornos de una figura tal como son. No hay arreglo que valga.

No sin poco esfuerzo, llevé mi mano diestra a los talones, me quité el escarpín forrado de seda del pie contrario y lo lancé contra la puerta. Dos astillas gordas saltaron al gabán de Pepe Alcañices, que entraba en ese momento en las habitaciones de la reina como Pedro por su casa.

—Déjame que te traiga un pintor que tiene en suerte favorecer la natural gracia femenina —me dijo, luego de relatarle el suceso.

Así llegó Casado del Alisal al palacio de Oriente. Y así le ordené que me retratara de pie.

—En lo alto de esas escaleras de Sabatini por las que he salido rodando tantísimas veces —le dije.

Y el ganapán no pudo evitar que, al reírse con furia, llegara al canalón de mis pechos un escupitajo suyo, más bien grandote.

—Como tengas el mismo pulso para todo, voy lista.

Pero se ve que para algunas cosas tenía más pulso que para otras.

Para pintarme, por ejemplo, cuerpo y medio de menos, reluciente de corona y piel de aderezos, sí se daba buena traza. Si doña Isabel II de Borbón hubiera tenido esa facha del cuadro, Serrano no me destierra por las Córdobas. *Amos*, que me pone un pisito en la cuesta de Santo Domingo, como ese en donde mi hijo Alfonso iba a visitar a su Elena Sanz al principio de sus amores.

Doña Isabel II de España no era la del cuadro, y no hay que darle más vueltas.

Doña Isabel II andaba tristona. A más de crecida en carnes, tenía dolores de músculos, bochornos y unas sudoraciones extrañísimas. Venía una y se iba al momento. Venían muchas y se marchaban enseguida. O venían las justas, y se quedaban. Por si fuera poco, se orinaba en cada estornudo y ni con yohimbina encontraba sosiego en los placeres carnales. Es más, no le venían tientos de meterse en encabalgadas.

Desde su último parto, que tuvo lugar en enero, le habían desaparecido los menstruos. También le había desaparecido el nuevo infante, a las tres semanas. Bajo los mármoles de un panteón del monasterio de San Lorenzo de El Escorial.

Al principio mis médicos decían:

—Es el duelo, señora.

Después ya no supieron qué decirme.

—¿No será otra preñez que está dándome con verraquera? —le pregunté incluso a don Pedro María Rubio, quien fuera médico de cámara de doña María Cristina.

Mi mamá estaba otra vez en Madrid, vuelta de sus exilios. Con más dineros y mis alhajas de siempre.

—Bagatelas —decía ella, cuando veía mis ojos atravesados en su cuello, con los rubíes que eran míos.

Luego de auscultarme con parsimonia, y de toquetear mi vientre por arriba y por abajo, don Pedro arguyó:

—No hay embarazo.

Su voz era de natural brillantez. No obstante, a mí me pareció que más aún le brillaban los silencios. Por aquellas fechas se encontraba realizando un estudio sobre los dementes de mi España.

Puse cara de cuerda.

—Y no creo que vaya a haberlos nunca más.

Acto seguido se sonó las narices con avaricia, agarró su maletín y se despidió.

—Buenas noches —dijo, aunque eran las seis de una tarde de verano.

—Buenas noches nos dé Dios.

Lo dije con todas las de la ley, como si sólo el Altísimo pudiera socorrerme en el climaterio de mis días.

—¡La crisis! —exclamó mi muy querida mamá.

Y lloró por mí con una única lágrima.

—¡La crisis! —repitió, con el mismo tono con que le daría una orden a un ujier—. Has dejado de ser hembra.

Comprendí entonces por qué, tiempo atrás, Franz Winterhalter me había hablado con suma ternura del cuadro que acababa de pintarrajear en Austria. La emperatriz de pie. Guapetona.

Con estrellas de diamantes en su pelo.

—En cambio, mírame a mí.

Chismeaban mis camaristas que mi buena madre se hacía manchar las sábanas con sangre de gallina a fin de mantener la leyenda de su eterna juventud.

—Todavía conservo mi vigor femenino —concluyó.

Y metió la tripa hasta que los mofletes se le encarnaron.

Fue entonces cuando pensé en mi padre, el rey, en que mucho antes de morir no había ya hombre.

28

Ana de Lagrange, la soprano que había enamorado a Verdi, fue quien le puso nombre a lo mío.

—*Ménopause.*

Golpeé mi escote con el abanico de nácar calado de la casa Duvelleroy, de París. Abierto. Sobre las pecas de mis pechos, lo que parecían tres generales romanos echaban carreras tras unas doncellas.

—Las afectadas no recuperan la salud —dije.

—Déjate de afecciones. Hablas como tu madre.

Introduje los dedos izquierdos entre las varillas del abanico, como si fuera un arpa.

—La apariencia se torna masculina; los huesos, prominentes; la piel…

—Mírame —me cortó tomándome por los brazos. Frente a mí, tan cerca que podía oler el aroma a lavanda de Guerlain, igual que si me hubiera perfumado yo misma—: ¿soy viril? ¿Mis huesos se anuncian más que cuando nos conocimos?

—¡La crisis! —exclamé.

Y me entraron los sofocos, que intenté alejar con unos chocolates.

Para lo suyo Ana se ponía de seguido en las manos de un doctor francés, un tal Charles de Gardanne, que tomaba los baños en la ciudad belga de Ostende.

—Acompáñame —dijo.

Y dejé que me acompañara.

Preparamos el viaje entre secretos, del mismo modo que si fuéramos a cometer un crimen: Oficialmente nos dirigíamos al sur de Francia, a las aguas milagreras de Sainte-Odile. Avène les bains, cuyas puertas se abrían el 15 de mayo para no cerrarse hasta el 15 de octubre.

Eugenia de Montijo me había escrito sugiriéndome que sus corrientes alcalinas curaban cualquier mal de la piel.

—*Trois millions de litres par jour* —le dije a O'Donnell, señalándole una *carte de visite* donde aparecía representada una vista general de Avène con dicha leyenda.

—En mucho menos puede ahogarse la reina de España.

Tiempo después lo odiaría por ser un visionario.

Tomamos el tren hasta Bayona. Y luego otro, y otro, y otro, hacia Bruselas. De allí, a Ostende. Bordeando el mar.

—También la archiduquesa de Austria lo visita —me había dicho mi soprano en nuestro compartimiento.

—¿María Enriqueta?

Era la soberana de Bélgica. No obstante, para Ana —que había tenido lo que no podía tenerse con su esposo, el rey Leopoldo II—, sería la archiduquesa para los restos.

—Parece cosa del Maligno —dije.

Y recité por lo bajinis un por la señal de la santa Cruz, de nuestros enemigos líbranos Señor, Dios nuestro. Al concluir, el Ave María purísima.

Más allá de la ventanilla, la costa belga. A veces, salvaje, con rosas silvestres entre los arbustos; a veces, desierta. De vez en cuando, un dique.

—¿Y si se tratara de un contagio? ¿O de un mal de ojo? —pregunté apretujándome bajo la estola de Ana, de piel de nutria.

Mi compañera de asiento me arreó un codazo en el costado mientras chasqueaba la lengua. A continuación me mostró el contenido de una cajita de marfil que llevaba en su regazo. Unas flores blancas se enmustiaban; de ellas salían, como a salpicaduras, bayas rojizas y hojas muy verdes.

—Acebo —dijo—. Para la celebración de la luna menguante.

—Estás majareta.

—Mañana a la noche, amiga mía, honraremos a la diosa Hécate en su festividad.

Me santigüé a toda prisa. Yo creía en un solo Dios. Ana, en todos los demás.

—Darás la bienvenida a tu *ménopause*.

Luego se quitó la cadena de amatistas que llevaba al cuello e hizo que introdujera mi cabeza por el diámetro de la misma. De ella colgaba una esfera de oro, parecida a un péndulo, que contenía un zafiro.

—En las horas más oscuras de la noche, resurgiremos. Entonces podrás extraer del círculo de Hécate las respuestas que deseas hallar.

Señaló mi esfera dorada con su índice diestro, antes de proseguir:

—Pero has de saber que todo renacimiento trae consigo una muerte.

Y siguió hablando y hablando de cómo invocar la sangre retenida en nuestra matriz, para que nos embarazara de sabiduría.

—Ahora somos mágicas —dijo—. Ninguna mujer joven tiene los poderes que nosotras tenemos.

—Pues yo prefiero tener los que tienen ellas.

Me instruyó asimismo sobre los movimientos del péndulo que significarían sí y sobre los que significarían no. Manotazo rectilíneo, un sí. Circular, un no. Y sobre las ofrendas de flores a la diosa de la luna menguante: las bayas rojas representaban la vida; un nuevo florecer. Las resplandecientes hojas verdes, el porvenir.

Por encima de las flores blancas del acebo había que derramar una copa de vino, pues simbolizaban la muerte.

Y siguió y siguió relatando sobre la comida con que convidaríamos a Hécate, en la playa. Sentada, junto a sus discípulas, en la arena.

—Pondremos un plato para ella.

—Me lo comeré yo. El suyo y el mío —dije.

Con mis pupilas en las rocas donde unos pocos hombres de marea baja buscaban mejillones. Resbalando y cayendo. Sin risas. Si se hubiera tratado de hembras, sí habrían reído. Los hombres, no. No se permiten reír hasta que han conseguido su propósito.

Así llegamos a la estación balnearia de Ostende. Construida detrás de los grandes diques, había sido alejada del mar del Norte. Tan cambiante.

—Allí está Inglaterra —dijo Ana, en tanto dirigía mi vista hacia un transbordador anclado en el puerto.

El *Dover* y doce leguas de olas hasta Emmeline.

Sin embargo, yo me encontraba en aquellos humedales por otros menesteres: venía a recuperar mi cuerpo. A ser otra vez mujer.

—No ha dejado de serlo —me dijo el doctor Gardanne.

No tenía labios y cuando hablaba parecía hacerlo su barbilla, adornada con treinta pelillos de chivo.

—Contémplelo desde sus ventajas.

Nos encontrábamos en un cuarto con paredes de cristal. Desde él se veía el edificio del Casino, sobre el gran dique. Con sus techumbres agrisadas y los arcos como de cal enmarcando los ventanales.

Había algo en su alzado que me recordaba al palacio de

Oriente. Y no era que diese resguardo a los bañistas de los inestables vientos del norte.

—Con el tiempo recuperará la libido y orinará a su gusto. Madame Lagrange le enseñará unos ejercicios que ayudan a contener la uretra.

Madame Lagrange se levantó del diván con motivos de damasco y pareció que fuera a mostrarme allí mismo los tales ejercicios. No obstante, para lo que dejaba su asiento era para acercarse a mí y tomarme de las manos.

—Mañana rodearemos los bosques a fin de llegar a Spa, el corazón de Las Ardenas.

Desprendí mis dedos de los suyos.

—No más viajatas —dije.

—Sus aguas sulfurosas te aliviarán. ¿No es así, doctor?

—Cierto —señaló con su mentón hacia fuera—. Recorra la playa de punta a cabo y comprobará que sólo los maridos toman los baños en Ostende.

—¿Y sus esposas? —pregunté.

Ana volvió a cogerme de las manos para levantar mis carnes de una hermosa silla de cuero, toda comodidad y abrazaderas. Pero no hubo forma, quiero creer que por las risas de ella, que flambeaban su cuerpo de sílfide.

Casi a un tris del desternille, el doctor Gardanne sugirió:

—Háganos caso: vaya a Spa. Vendrá como nueva.

A punto de salir llovía igual que si el mar entero quisiera volcársenos sobre los moños. Los mismos moños de la *nouvelle médecine*.

Fue entonces, de pie junto a la puerta de la dependencia que había hecho de consultorio, cuando reparé en un libro de pastas gordotas. Se encontraba al lado de un reloj de arena, sobre una consola de marmoletes y patas de bronce.

En la cubierta aparecía escrito, con letras regóticas:

The Soft South

By Lady Emmeline Stuart-Wortley

Debajo, en la margen inferior derecha, podía leerse la siguiente inscripción: «*For private circulation*».

Lo apreté contra mi vientre, a dos manos, con tal furia que se me saltaron tres uñas de los dedos.

—Es de una viajera británica —dijo monsieur Gardanne, no sin un gesto de franca extrañeza ante las augustas extremidades que desollaban el papel.

—¿Qué cuenta? —interrogué con balbuceos.

—La moralidad y las costumbres del pueblo español. Es una lástima que su narración se interrumpa cuando se dispone a relatar su visita al palacio de Aranjuez.

—¿Se interrumpa?

—Su autora no pudo concluirla. Murió de insolaciones en Tierra Santa.

29

E mmeline había muerto de pie; yo, sentada en una butaca.

En su viaje de Beirut a Aleppo. Sin guía ni acompañante. A los pocos meses de hacer sonar por vez última el piano de la casa Collard and Collard, de Londres. En mi gabinete de Porcelana.

Su hija Victoria quedó sola en Tierra Santa, con su cadáver y el de la asistenta, a quien la disentería había desahuciado días atrás. Esto último se contaba en un apéndice del texto, según me relató monsieur Gardanne. En cambio doña Isabel II de España no le habló al doctor de la estancia de lady Emmeline Manners en el palacio de Aranjuez. Porque monsieur Gardanne no sabía que doña Isabel era reina.

—¿Llegó a conocerla? —me preguntaría.

Medio a oscuras, las olas se encampanaban antes de envenenarse contra el dique.

—Deseaba dormir en Jerusalén —dije—. No quería morirse sin luchar.

—Ah, así lo ha escrito Benjamin Disraeli: «La madurez es una lucha. La vejez, un lamento».

De modo que ese maldito judío sefardí me había ganado la partida: Emmeline no iba a lamentarse jamás.

—¡Salud! —dije.

Mi copa de *liqueur d'Anvers* más cerca del cielo que de la tierra.

—*À la vôtre!* —dijo el doctor, sentado frente a mí.

Hubiera jurado yo que con sus deseos de hombre, por madame Lagrange, removidos entre las hierbas y semillas de ese licor agridulce que saboreábamos.

En la hora prima de aquel atardecer del 16 de agosto de 1866, un médico de la *ménopause* y una reina de extranjis bebían Elixir d'Anvers en el Kursaal de Ostende, un casino abierto sólo para suscriptores. Tenía restaurante, café, sala de lectura y salón de billar.

—Y entretenimiento según el programa del día —me había aclarado Charles de Gardanne.

Parecía complacido al notar las miradas de desaprobación de la mayor parte de los varones presentes sobre mis muy augustas carnes.

—Quizá piensan que soy el entretenimiento de hoy —dije.

Y tuve que contraer mis «esfínteres», como decía Ana, que a traición acababan de permitir que se mojara el interior de mis faldas.

Dejé de respirar y apreté los bajos con fuerza. Bien remetidos. El doctor me observó mientras agachaba un ápice los treinta pelos de su barbilla, igual que si asintiera. Justo cuando mis orines se perdían muslos abajo.

—A hacer puñetas —dije.

Monsieur Gardanne hizo tamborilear los dedos de ambas manos sobre los brazos de cuero de su silla.

—Una gruesa piel es un regalo —sentenció.

Era imposible hallarse en contra: me sentía más a gusto en aquellas pieles belgas que en las mías propias. Más aún en aquellos instantes en que de mis ingles a los tobillos todo era un humedal.

Como pude, me resbalé en el asiento y separé las piernas procurando ladear mis nalgas hacia la parte que yo creía más seca. La izquierda.

En ésas estaba, si mal no recuerdo, cuando presté atención a la entrada de tres hombres. Caminaban por el corredor interior. Aún embozados en sus gabanes. A unos cincuenta pasos de nosotros, que nos encontrábamos protegidos por dobles cortinajes azul celeste.

En tanto comenzaban a subir las escaleras, con pasamanos de forja, uno de ellos pareció mirar a un lado y a otro. Bajo la luz de gas, vigilante. Tenía la barba justa, los pómulos a navaja y dos ojeras muy seguidas, más grandes que sus manos. Todo él fino, de cuerpo torero.

Se antojaba que quisiera perderse en los humos de un puro revolucionario.

Sintiéndome aliviada de las dificultades que lastraban las fuerzas de mis pasiones, me dio por discurrir que debían de ser las tales libidos de monsieur Gardanne que me arreaban nuevamente.

—Ya estoy repuesta, doctor —dije riéndome.

Pues no podía evitar imaginarme esos pómulos en cueros. De respingo en respingo. Sin embargo, de los tres hombres, el de en medio no era para imaginárselo vestido. Y no digamos sin ropa. Tenía cara de botarate y patillas como trabucos.

—¿A quién me recuerda? —inquirí en voz alta.

No sabía a quién, pero que me recordaba a alguien eso era seguro.

—Llegaron ayer. También son *de l'Espagne* —dijo el doctor Gardanne.

A continuación se levantó y unió sus talones en un gesto marcial, delante de Ana, que llegaba con un traje de duelo para el viaje a Spa. A través de los bosques. Allí le entregaría sus ofrendas a la diosa de la luna oscura.

—Muere una mujer y nace otra —había sentenciado mi soprano a la hora de la comida, en nuestro hotel.

Incluso con los velos del luto era más hermosa de lo que yo había sido nunca.

—Acabo de cruzarme con unos azotacalles —dijo, a la par que se dejaba caer sobre los cueros más próximos al doctor, todavía de pie—. *Mon amie*, uno de ellos era *très attractif*.

«*Très attractif*», y un jamón.

En mis Madriles habría dicho:

—Un mocetón de rechupete.

Casi seguro.

Lo que sí era seguro del todo era que su azotacalles coincidía con el de la reina. La Lagrange y yo compartíamos amistades, sofocos y querencias masculinas.

—Siéntese, doctor —dijo, y dio dos golpecitos en el asiento libre—. No está el mundo para tantas rigideces.

Monsieur Gardanne obedeció. Y no sabría decir por qué, pero algo en su modo resuelto de acatar dicha orden me enverdeció las sangres.

—Iré contigo —dije.

Ana me regaló unos aplausos chiquitos, con los ojos en un entrecierre.

—¡Será un amanecer inolvidable! —exclamó palmeando el antebrazo diestro del francés.

No obstante, Charles de Gardanne, que no iba a acompañarnos, no debió de pensar lo mismo.

El coche nos recogió a la puerta del casino. Ante mí, siete cuartos de hora de la *prima donna* con su doctor Gardanne arriba, doctor Gardanne abajo. Luego sería monsieur Gardanne y, finalmente, Charles.

Mientras Charles me ayudaba a subir pudo escucharse:

—Viva España con honra.

—Es la naturaleza femenina lo que genera disgusto —dijo

Ana, con sus manos presionando mis nalgas a fin de empaquetarme en el asiento.

A continuación le tendió la diestra, enlutada, para que se la besara el galeno. A la francesa.

—Unos exaltados —concluyó, con los tales dedos a la altura de la nariz de un hombre que parecía aspirarlos.

Justo dos años después, mientras doña Isabel II de España subía a otro carruaje para ir derechita a la estación de San Sebastián, comprendería que no eran unos exaltados, sino muchos. Cuarenta y cinco hombres, para ser más exactos, entre demócratas y progresistas. Esa noche de diosas de la luna oscura acababan de firmar, en el Kursaal, el Pacto de Ostende a fin de destronarla.

—¡Viva España con honra!

A desgañites, volverían a gritarlo tres hombres: Serrano, Prim y Topete. Al caer el verano de 1868.

Serrano, Prim y Topete. Topete y Prim.

Serrano.

Dos de ellos se habían encamado con la reina. El otro tenía cara de botarate y las patillas como trabucos.

—¡Viva España con honra!

Le diría mi general bonito a Prim en su abrazo del *Buenaventura*. Este vapor, fletado por el duque de Montpensier, había salido de Cádiz el 8 de septiembre para liberar en Canarias a los militares allí confinados por condena. Entre ellos, Serrano. Cuatro días después Prim tomaría, en Londres, el tren de Waterloo para Southampton. Más tarde embarcaría en el *Delta*, con destino a Gibraltar. Y, de allí, a Cádiz.

A las dos de la madrugada los tres estaban a bordo de la fragata *Zaragoza*. El comandante Juan Bautista Topete ordenó a la escuadra que se situase en posición de combate al grito de:

—¡Viva la soberanía nacional!

Y luego de los siete vivas a la reina que echaban de su España a escobazos, restallaron en el horizonte borbónico los fuegos de veintiún cañones.

—Hay levantamientos que no se ven venir —farfulló Paquito. En el tren, a medio camino entre San Sebastián y Biarritz.

Agradecí que lo dijera. Junto a los reyes, corte y cuarto aguardaba que doña Isabel II continuase aflojando la mosca.

No había soltado las manos de mi esposo, el rey, en todo el trayecto. Medio tendida frente a nosotros, la mirada de su siamés, Antonio Ramón Meneses —que ejercía de secretario—, parecía querer desanudar esos afectos novísimos.

Tras adelantar el brazo izquierdo, acarició lo que quedaba libre de los dedos de Paquito. Presos bajo mi quebranto.

—Ellos tenían cañones de acero y proyectiles de ocho centímetros —dijo.

—Quita, quita —respondí—. Lo que tenían eran escobas y, nosotros, mucho que barrer.

A Paco se le escapó un suspirito, igual que aquellos suyos de los primeros tiempos. Cuando lo conminaba yo a dar respuesta a mis urgencias a la orden de:

—De hoy no pasa.

Solté sus manos y, con mi brazo izquierdo, lo apretujé contra mis pechos. Paco empezó a jipar a gusto.

—Y ¿ahora qué? —inquirió entre moqueos.

Ahora Juan Prim estaba sublevando las provincias enteras de mi reino, desde Málaga a Barcelona. Francisco Serrano y Domínguez, todas las demás. Hasta su victoria definitiva sobre la reina cuya firma no había querido seguir ningún guripa.

Cerca de Córdoba.

En la batalla del Puente de Alcolea. Sobre el Guadalquivir.

—Convendría que nos separásemos —dijo Paco.

Y lo arrechuché con más fuerza.

—Me convendría seguir siendo doña Isabel II de España, y mírame.

Desde la ventanilla del convoy atiné a vislumbrar la recepción que Napoleón III me había dispuesto en el apeadero de La Négresse. La Montijo, a su lado; me daba a mí que con más violetas que nunca en cabello y escote. Debió de descubrirme agazapada tras la cortinilla, pues elevó un pañuelo y lo mantuvo en el aire. Meciéndolo, de alborozo.

—Juraría que se regocija —dijo Meneses.

De pie. Trataba de limpiarle los mocos a Paquito, destripado entre mis efusiones.

—Que nos veamos así... —apostilló.

«Que nos veamos», ja.

De mí no parecía pretender ocuparse nadie. Del «que me vea», de la reina, había pasado al «que nos veamos», de un querido.

Doña Isabel II de España ya no era doña Isabel II, en España.

Relajé los hombros, lo que mi esposo aprovechó para sacar la cabeza de debajo de mi sobaco. Adentro de sus ojos, la longitud del exilio.

—Trescientos cuarenta metros —dijo.

—¿Qué?

—El puente de Alcolea. Trescientos cuarenta metros.

Por los raíles no corría agua. No obstante, si O'Donnell hubiera estado vivo, le habría dicho:

—Leopoldo, me ahogo.

Palacio de Castilla

Lo importante no fue lo que París te dio sino lo que no te quitó.

GERTRUDE STEIN

30

—*P*<i>rima facie.</i>
—Déjate de latinajos.

—Digo que fue a primera vista.

Paco me hablaba del capricho de mi hijo Alfonso por su prima, la infanta Mercedes.

Estábamos en el comedor principal del Café de Chartres, de París, bajo los soportales del palacio Real. Era el mismo restaurante al que me había llevado años atrás la tarde que yo acababa de dar de mano como soberana del Reino de España. Nadie me conocía como Paquito, sabedor de que a mí las abdicaduras y los quebrantos me nacían con hambre.

Me pusieron una silla de mimbre más grande que la propia mesa. En Francia, ya se sabe, te sientas en mesas y comes en taburetes. Era eso o cuatro banquetas rejuntadas haciendo un cuadrado.

Le dije al *metre*:

—¡La silla, puñetas!

De Paco se escuchó un:

—*Bien, merci.*

Lo miré casi con unos odios antiguos, que parecían salirme de las tripas según la infanta Eulalia, mi hija pequeña.

—De ahí tantas flatulencias, Madre.

Se ve que cuando se me escapaba un pedo era que en ese momento estaba odiando grandemente.

Observé a Paco: no, ya no había odio; tampoco gases. Nada más tener la rabadilla asentada, me descalcé. Tenía los tobillos como morcillas de lustre. Los dedos gordos de mis pies, dos berenjenas robustas. Me daba que a Paco le había llegado el olorcillo a morcillas recocidas porque se rascó los pelos del bigote como si le anduvieran liendres.

—Alfonso la ama, Isabelita —dijo al fin—. Toda ella pura bondad, la tiene por un ángel. Y los ángeles no se discuten.

—Yo no la discuto a ella. Siempre he creído que los grandes amores no están hechos para el casorio.

—España es otra —dijo Paco.

O quizá éramos nosotros quienes habíamos andado en remudamientos. No se lo dije, claro está. Qué cabía decirle que él no supiera. ¿Que después de pasear por las arcadas y el jardín del palais Royal, rumiando mis ausencias, no pensaba en otra cosa que no fuera el bogavante azul a la vainilla, el caviar de Aquitania, la *crème glacée* y las bolitas de chocolate rellenas de almíbar de fresas?

De vino, un Taittinger Brut Cuvée.

—El *réserve* —dije.

Y se me hizo que a Paco las espumas de la botella, que aún no habíamos probado, le explotaban adentro de los bolsillos.

—¿Acaso hoy vas a pagar tú? —me interrogó.

—Quita, quita. ¿Conoces mejor cosa en que puedas emplear tú mi asignación, granuja?

Ya separados, don Pedro Salaverría, responsable de mis finanzas desfinanciadas, había llegado con mi esposo a un acuerdo: veintiocho mil francos de pensión.

—Una fruslería —había sentenciado mi Asís.

—Pues haz caridades con el prójimo, si a ti te parece poca cosa —le dije echando un repaso en rededor mío. Luego bajé

230

un pelín mi voz cascada de contralto—. Te anuncio que la prójima más cercana te soy yo.

Paco me dio un codacito tronchado de risa, como si fuéramos dos borrachines de parranda. Cuando dejó de reír se agenció el palacio de Épinay-sur-Seine, a las afueras de la capital. Seis veces el mío, con más lujos y un retrete la mar de grande junto a sus habitaciones.

—Isabelita, ¿dónde estás?

En el Café de Chartres, de París. Aunque, con el tercer postre y el segundo *réserve*, Isabelita ya no sabe a ciencia cierta dónde se encuentra. Las rosas amarillas del centro de mesa como a punto de saltar de los lienzos de las paredes, sujetos del techo bajo cristales con rosetones y guirnaldas de estuco.

—¡No volveré a Madrid ni atada!

—Dices eso y al momento le estás rogando al marqués de Molins que interceda ante el rey.

Me conocía como si me hubiera parido. Sí, le había moqueado a don Mariano Roca de Togores, a quien yo había hecho marqués de Molins.

—Si el rey supiera de mis pesares por boca de su madre —había ayeado doña Isabel II, entre dos suspirones requetegordos; la piel de mis manguitos soplándole las pestañas—, sabría ésta hacer de María santísima en las bodas de Caná.

Y creo recordar que le guiñé un ojo al tal marqués porque era un embajador de los Parises que parecía desconocer el París-París, que nos rechiflaba a la Lagrange y a *mua*.

—La boda ha terminado, señora. Y no quedan invitaciones para el banquete —dijo.

Afuera de mi palacio de Castilla se escuchaban los desgañites de cocheros y volantes, y el restallar de los látigos sobre las bestias. Era la hora del paseo vespertino por el Arco del Triunfo, hacia los Campos Elíseos y las Tullerías.

Llovía como llueve siempre en París. Llovía por joder, media hora, entonces el aguacero se detenía y al poco principiaba de nuevo, esta vez con más perrengue en desollar las boñigas de los caballos sobre los adoquines. Fui hacia una de las contraventanas albarinas del balcón principal, corrido. Cuando levanté el aldabón para abrirla, el agua comenzó a entrar en la sala como un amigo que viene de visita, remoloneando si entro no entro para terminar haciéndose el amo.

A la poquita que se había quedado estancada en el canalillo del desagüe le di un puntapié medio de lado para que tirara también hacia dentro.

—Desde la suya, seis únicas casas hasta el Arc de Triomphe, señora.

En mis pupilas aún quedaban brasas cuando las volví hacia él.

—Ése es mi sino: creer que soy la primera y, justo cuando me convenzo de ello, ya me han depuesto.

—Si estuviera en mis manos…

No estaba ni en las mías ni en las suyas. Las invitaciones con destino a la Villa y Corte las entregaba don Antonio Cánovas del Castillo, que sólo me había dejado volver cuando me creía más muerta que viva. Allá por los estertores de 1876, cuando cogí un sarampión que acabó por descomponer las heridas de mis pieles herpéticas. Para el jefe del partido alfonsino era más peligroso, políticamente, dejarme morir en el destierro que en España, donde bien podía él mangonear en mis funerales.

Santander, Ontaneda, tres minutos en el monasterio de El Escorial y rumbo a Sevilla. Allí vino a verme mi hijo Alfonso. A su mamaíta del alma. Pero a quien barrunto que remiró con más detenimiento fue a su prima Mercedes. De resultas de esas ojeadas, Alfonso regresó a Madrid amulado por la hija de los Montpensier. Y yo regresé a París con más sarampión, con más puses y con más herpetismo del que tenía al dejarlo.

Y con las fiebres de una persona que padeciera una enfermedad grave sin padecerla.

—Quiero regresar al otro Madrid, Paco. Al nuestro. Marcharme y volver diez años atrás.

El que ya no era mi esposo se levantó para abrazarme como si lo fuera. En medio de los demás comensales. Entonces se dio cuenta de mi calentura.

—Estás ardiendo —dijo.

Justo cuando doña Isabel II se empecinaba, nuevamente, en poner al gobierno español en el brete de que la muy augusta madre del rey pudiera morirse de fiebres en París.

—No se le ve enfermedad ni entreveo causa de disgusto nuevo —le dijo el doctor Dieulafoy a Paco.

Doña Isabel II atesoraba tantos disgustos rancios, modernos, y de la montonera, que uno más uno menos... Se me había muerto mi hija Pilar en el balneario de Escoriaza. «Envíame naranjas y limones, que aquí no encuentro», me había escrito unos días antes. Y yo se los mandé. Llegarían a una casa de baños en la que la infanta ya no podía comérselos.

Pilar. Mi Pilarcita.

Lloraba si veía lagrimear a cualquiera, aunque no hubiese cruzado con ese prójimo ni una palabra.

—No soy como tú, madre —me dijo en una ocasión.

—Una loca hace ciento.

También mi Mamá se me había ido, muertecita, con las tripas a reboses de las sandías de agosto. Eulalia se me acabaría yendo, casada con Antonio de Orleans, un hermano de Mercedes.

Me negaría a acudir al bodorrio.

—Tú la obligaste a terminar con su soltería —me había recriminado Paco al escuchar mis nones.

—Pero no con un Montpensier, demonios. En qué manos vino a caer, Señor Jesús.

Eulalia, tan independiente, había querido endiñarme un sopapo matándose a esponsales.

Me había quedado, a más, sin mi hijo varón, que se había avecinado en cuatro brincos media corte mía. Incluso mi muy querido Pepe Alcañices, duque de Sesto, fue requerido en Madrid por Alfonsito. Fueran así o asá, lo que importaba era que todos, todos, podían volver.

Todos, menos yo.

—¿Adónde fue a parar aquel niño que le enviaba cartas a su mamá desde el Theresianum de Viena? —le pregunté a Paquito.

El polvero de mi *toilette* hecho churretones en mis pómulos.

—A la academia militar. Allí los chicos se hacen hombres.

Mi Alfonso se había hecho un hombre en las tierras de Emmeline. Don Antonio Cánovas del Castillo lo había sacado del Theresianum para que estudiara en la Academia Militar de Sandhurst, en Londres. Luego le escribiría que su «bondadosa madre» había consentido largamente el militarismo en España. A esa milicia, a la que por lo visto doña Isabel II le había regalado querencias a puñados, le dirigió un manifiesto el politicote malagueño por boca de mi hijo:

Sea lo que sea de mi propia suerte, ni dejaré de ser español, ni buen católico, ni liberal.

—Se aventura un sistema del todo nuevo —me aclararía don Antonio, cuando le hice saber que tenía noticia de sus trajines.

—Será nuevo el bozal —le contestaría yo—. Sin embargo los perros son los de siempre.

Un mes después, el general Martínez Campos sería el primero en armar la marimorena sublevándose en nombre de mi hijo, el príncipe heredero. Alfonsito tenía diecisiete años y más ganas de ser rey que de ser hijo de reina.

Vino a París por Navidad. A darme cuatro besos. Luego partió a España con una promesa a media voz:

—Aguarda mis noticias, madre. Está pronto tu regreso.

De muerta, sigo aguardando. Como él, soy una buena católica que cree en el perdón de los pecados y la resurrección de la carne.

31

Estos primeros del exilio fueron años en que me daba a mí que ser la reina madre, cuando me enlucía ser Reina a secas, era lo peor que podía pasarme. No obstante, con el tiempo comprobaría que, por pasar, podían pasar cosas peores.

Que te entierren a tu hijo varón y ya no seas ni siquiera reina madre.

—El legítimo rey de España —diría Cánovas.

—Mi hijo —diría yo.

Su segunda esposa, Christa, María Cristina de Habsburgo, no dijo nada. Bastante tenía esa escoba austríaca con saber que don Alfonso Francisco Fernando Pío Juan de María de la Concepción Gregorio Pelayo de Borbón y Borbón hubiera preferido rejuntarse con su suegra.

—Está bomba —parece ser que le dijo a Pepe Alcañices, al serle presentada.

Los dos con los ojos como platos soperos.

—No se comprende que sean madre e hija.

A mi Serrano tal hembra también le hubiera hecho tilín. Pero por esas fechas estaba ya más muerto que vivo.

—Muy muerto no ha de estar cuando cuentan que hace orgías en casa de la Chafino —me escanció el que fuera mi esposo.

La Chafino era una enredadora que se parecía más a mí que yo misma.

Mi general bonito había venido a París a pasar revista a la Isabel de verdad, la de los sofocos y las bochorneras. A comienzos de 1870.

—Se avecina algo gordo, Isabelita. Abandona París —dijo.

Y yo le contesté:

—Pero qué viejo estás, Serrano. Qué viejo.

Qué viejo y qué guapetón y qué el mismo general mío de La Granja.

—Hace dos años no te preocupaba mi suerte —dije.

Pero estaban ya sus labios embocando los míos; y sus dedos, a batalladuras con mis ropas menores. Las otras, los brocados y sedas de afuera, por los suelos. Hechas un cisco con los pendientes.

—Tu señora madre y su esposo tenían pelonas las arcas reales —dijo.

Con su voz de andaluz viajado llega también el borboteo de la canal, más allá de la fuente de la Selva. Junto a la verja que conduce a la vereda del Laberinto. Y es otra vez como antes; quiero que sea y no quiero, pues no es antes. Es ahora. Pero, tiento a tiento, estamos ya en el dormitorio y vuelvo a castigarme: a mí, con Serrano, me falta cama y me sobra habitación.

—Lo que te ha preocupado siempre ha sido la muela de la Tomasa: dinero, dinero, dinero.

Lo digo hecha quina para prolongar mis apetencias. Antes de perderme en el verano de mi decimosexto cumpleaños.

Soy reina. Él, mi general.

No deseo que lo aparten de mi lado. Que no se lo lleven. Que no se vaya. Es una sobremesa de julio en los jardines de La Granja. En el centro de ese bosquete con ocho caminos, y no todos conducen a Roma. Serrano que nada con soltura, como los patos machos, camino arriba.

—Cuándo acabaré yo de purificarme —le digo.

Y él, su nariz entre mi pelo, se vuelve para besarme la frente.

—Isabelita —dice—, Dios es caridad.

Sí, ha de serlo. Pues abre el Altísimo las ballenas de mi corsé, de acero, cubiertas de tafetán engomado.

—Desabrochándolas, el palo siempre se volvía del revés. ¿Recuerdas?

Recuerdo.

Y porque recuerdo digo:

—¿Qué va a ser de mí?

Francisco no dice qué va a ser de él. No lo dice. Pero hace como si lo dijera. Hace. Hace. Mis pieles tienen dieciséis años. Las pechugas son las de las esfinges de La Granja; todavía sin comulgar. Sin embargo, cuando él desciende sus labios a la espera de que mis pezones se encuentren donde antes, a la altura de mis sobacos, le digo:

—No.

No están ahí. Hace mucho que ya no están ahí, y seguirán cayendo.

—Francisco —digo.

Y me muerdo el labio bajo para no tener que explicarle tantas cosas.

—Francisco.

Y Francisco abaja más, más aún, y encuentra, y besa, y entonces mis carnes se desencorvan. Apretadas nuevamente. Y ya no es La Granja, es París, es mi palacio de Castilla. Porque yo en el Laberinto me escacharraba, me hacía aguachirle entre su cuerpo. *Vichyssoise*. Y ahora no, ahora me alzo; mis nalgas, mármoles de consola. Entonces Serrano me ama tan pensando en mí y con tanta hondura que tampoco es él, es otro hombre que quería no tenerme y no me tuvo. Y ahora quiere tenerme aunque ya no pueda.

—Isabelita.

Y, pese a no ser ya soberana de todas las Españas, doña Isabel II es ahí más reina que en cada uno de sus gobiernos. Y cuando todo se finiquita le aliso la cintura de su guerrera, donde acostumbraban a abandonar su recogimiento dos pliegues llamados a rebeldía. Luego abro el primer cajón de mi secreter y vacío sobre el fuego cuatro tubitos de cristal con forma de serpiente.

—¿Qué es?

—Nada —respondo—. Ganas de buscar fuera lo que las hembras llevamos dentro.

Con las llamas gobernando la lumbre, la yohimbina se hace vapor para perderse chimenea arriba. Estoy cierta de que con ella se pierden también las crisis de la reina. Entonces mi general bonito se acerca al fuego y estira sus manos, como si quisiese entrar en calores.

En los dorsos de sus dedos hay llagas de parte a parte.

—Yo era siervo de Isabela —canturreo, abrazándolo por detrás.

Él deja reposar su nuca sobre mi frente. Me restriego contra él, mientras aprovecho para oler el cañón de su cuello.

—Ahora es ella una emigrada y yo soy mi majestad.

Pues está todo dicho, él no dice nada.

32

Las sanguijuelas pueden predecir tormentas.

Aún más aquellas arrimadas a la cola; ven antes que nadie lo que está por venir. Y, mira tú por dónde, atinan. Sí, Serrano tenía razón: se avecinaba algo gordo tras su marcha. Tan gordo que, en la primavera de ese año de 1870, la emperatriz de Francia componía los baúles para el exilio.

Avisada por mi hombre —antes de tirar para Suiza una temporadita—, fui a su refugio en la iglesia de la Madeleine, a darle a la española los convenientes pésames por el trono perdido. Un trono que, a fin de cuentas, a Eugenia le correspondía por el virgo, no por la nacencia.

No es dar cuatro cuartos al pregonero decir que, por esos días, su palais des Tuilleries, como gorgoteaba ella, no era ya ni suyo ni *palais*.

La emperadora estaba arrodillada en plegarias a la cabeza de María santísima. Sus mofletes, los de una Dolorosa recocidita al solano. Caídos, a más, hacia las espaldas por el peso de unos enrizamientos postizos que le llegaban hasta la cintura. Toda ella más virgen que la propia Madre de nuestro Divino Señor Jesucristo, a la que jipaba en lloros en un París patas arriba. Un París cantera de piedra donde, años atrás, Eugenia de Montijo había estado señalando el lugar en que picar.

Bajo las espuelas de la emperatriz, de norte a sur y de este a oeste, Napoleón III y el barón Haussmann remodelaron fachadas, calles, bulevares y jardines. Todo para que los habitantes de los suburbios aprendieran a tirar la basura.

Como puede adivinarse, los parisinos —que saben más que Lepe—, en cuanto se aprendieron de memorieta la lección de cómo *évacuer* los desechos, echaron a la emperatriz a la calle.

—Tu madre ha enviado un telegrama cediéndonos el palacio de Malmaison —dijo, mientras se santiguaba.

Los mimbres crujían bajo sus rodillas. Luego se agarró al asidero del reclinatorio para ponerse de pie. Eugenia estaba cierta de que si le aguardaba algo era, como mucho, una casona en las Inglaterras, con dos caballos percherones. Uno para ella y otro para la amante de su marido.

—De madre soy huérfana —dije.

Detuve mis ojos en los faldones de sus gasas, enligadas al cuerpo. Con esa moda nueva se me hacía a mí que las mujeres anduviesen en camisón. Y Eugenia, que abultaba tanto como uno solo de mis aderezos, con su vestido violeta partido a la mitad por una cinta de raso con bordados de flores era una muñequita recortable. De cartoncillo. Un figurín de *Les modes parisiennes* para que jugaran las niñas estudiosas del convento del Sacré Coeur.

Para más inri se anudaba a un lado, a fin de que la lazada cayera sobre una rodilla y el extremo más largo del fajín sobara el suelo.

—Dice que, por si no tuvieras poco, encima ¡la crisis!

Y es decirlo ella, luego de besuquearme con dos muas de mírame y no me toques, y odiar yo a mi muy querida mamá con todas mis grasas mantecas.

Me pareció ver que la dolorosita gitana era entera una lágrima, que le resbalara, cebona, nuez adentro. Mientras tanto, la Dolorosa de verdad seguía de pie, arropada por ángeles hembras. Las estatuas de San Agustín y de Santa Clotilde, que las flanqueaban, parecían querer taparse los ojos.

—En París los ángeles tienen coño —dije.

No como en mis Madriles. Aunque me había relatado mi general Serrano que las moderneces de la urbanización estaban entrando a caballo por las calles y los espíritus de la Villa y Corte. Las calesas eran ahora landós donde se degustaba *foie gras* y se bebía el mismo Chartreuse que en las diligencias del marqués de Salamanca. Con un servicio tan rápido que llegaba a la frontera francesa antes que mis propios trenes.

A mis espaldas la Montijo se me iba hacia la imagen de Santa Rita de Casia. La patrona de las causas desesperadas. Fui tras ella. Como tenía por costumbre llevar cuatrocientos reales encima, se los metí en uno de los bolsillos de sus faldas sin armazones.

—Cuídate de esa amiga tuya, la soprano. Se la tira demasiada gente —dijo.

Para Eugenita un hombre eran demasiados.

La espachurré en un abrazo grande; sus ojitos lilas sobre los adornos de encaje de mis pechos.

—Podrás hacer lo que gustes sin temor a ganarte el destronamiento —le dije.

Mientras hundía yo los huesos de sus nalgas con una palmada rabiosa.

Nos reímos las dos, aunque no era para reírse. Adiós a los arcos triunfales, a los desfiles, a las recepciones, a los toros, a los fuegos de artificio. Y lo que más le dolía a Eugenia: *au revoir* a la calle de la Paix, donde anidaba el modisto Worth.

Au revoir al relojero Boucheron y a los estuches de François Cartier o Froment-Meurice.

—Se pierden los laureles del Imperio —dijo, al salir, enredada entre su chal de cachemira.

Enfrente de nosotras, a lo lejos, el obelisco egipcio que

Napoleón el Grande había hecho traerse a París. «A imagen y semejanza de su verga», me había dicho madame Lagrange en una ocasión. «Flacucha y escoradita a la izquierda.»

—Los laureles para la pepitoria —le dije a Eugenia.

Y, luego de agarrarme a ella para no salir desbocada por los mil peldaños de esa puñetera iglesia sin barandilla a la que sujetarte, me la llevé a Ladurée, la dulcería del boulevard Haussmann. A que reventasen las jarreteras de mis volantes de crespón de seda azul a *macarons assortis en coffret cadeau*.

En Ladurée entran ganas de zamparse hasta el crema de las paredes.

—*Tartelette aux fraises, lardons reblochon, gâteau basque* y *brioche au beurre* —leo, ya sentada—. Y todos los *incroyables* que me quepan: amarillos, verdes, *rosés*…

La ex emperadora le traduce al *garçon*, al francés de los franceses, el desorbite de mis angurrias.

—Los disgustos es mejor afrontarlos con el buche lleno. Preferiblemente en una *pâtisserie* —aclaro, orgullosa por encontrarme muy puesta en la lengua de las Francias.

Y hago una caída de ojos de las mías pues el *garçon* es mucho *garçon*.

Se me hace que el endomingado caballerete del fondo, con las patillas en bandó y los bigotes revueltos, me mira con rechifla. De seguro es español. En los Parises hay más españoles que en mi Madrid. La mayoría, en la reserva desde los tiempos de Espartero.

La vuelta la hacemos por la rue de la Paix y la plaza de la Ópera.

—No quiero regresar por la avenida de la Grande Armée —ha dicho Eugenia.

Es natural. Ya no le queda *armée*, ni chica ni grande.

No derramo hieles al afirmar que, en el coche, los mondongos de los adoquines parecen retratarse en mis nalgas. Los caballos se conducen muy lentamente entre el caos de las berlinas y los relinchos. Hacia atrás, no, tan atrás no, amagos, golpes. Escasos silencios. Los cocheros se enfastidian, se zurran la badana. Las cabalgaduras resoplan.

Es París.

Es una noche más camino de Verdi, con el relente de la República matando nuestros riñones y el ánimo.

—Alacranes —me dice una que fue emperadora, oculta tras su abanico de avestruz.

O mucho me equivoco o fue ese día, a mi regreso al palacio de Castilla, en la avenue Kléber, cuando reparé en la planta del edificio, con tres pisos. El último, coronado con las mansardas propias del Segundo Imperio.

—Es tu venganza, Eugenita —digo.

Pues tendré que sentir en lo alto de mi cabeza esas ventanas, tan del gusto de la Montijo, dispuestas para que me dé un aire todos los días que me resten de vida.

—Ha llegado carta del príncipe heredero, majestad —me dice Amparito Sorróndegui, una de las pocas camaristas que me van quedando.

Se la quito de las manos.

«Me llena de placer lo que me anuncias de lo bien que se van arreglando las diferencias que entre tú y papá había», me escribe mi hijo.

Entre su papá y servidora nunca hubo diferencias. Paquito y yo nos separamos porque estábamos empezando a querernos.

Con la vejez una comprende que el cariño bueno precisa de distancia.

33

—Antes un beso que una novena.

Se lo digo al nuevo embajador de España, don Fernando de León y Castillo, que tiene en suerte conocer si doña Isabel II se halla en misa o en las *toilettes*. Desde que se trajina mujeronas en el bosque de Boulogne sigue siendo calvo de media cabeza hacia delante, aunque la parte trasera se la peine con raya.

—*Les mariages du bois ne se font pas devant monsieur le Curé* —dijo Ana de Lagrange, al enterarse de que le había hecho seguir.

No sabía yo qué demontres significaban el *mariages*, el *font* y el *devant*. El *monsieur* y el *curé* sí, pero para de contar.

Luego dijo:

—Siempre hubo putas entre los hojarazos y los cedros.

En los tales bosques también había hayas, pero se ve que no eran éstos árboles tan dignos del amor.

—Haberlas haylas en todas partes —dije.

Y miré hacia sus rodillas. Resbalonas como sebo para velas.

A lo primero había mandado traer ponche de quina con yema de huevo, para abrir boca. Después llegó el cocido, que yo celebré mucho. El embajador de España en París, en cambio, lo miró con ascos de gordo que no quiere serlo.

—Me confunde usted, señora; la hacía deseosa de regresar a Madrid.

Sí, era ésa mi querencia, por encima de todo. Y, lo que era peor, aunque doña Isabel II acabara de regalarle unos nones requetegordos a León y Castillo cuando se mentara lo de volver, éste tenía la certeza de que la muy augusta madre del rey perdía las faldas por regresar. Lo sabía, cómo no, desde tres meses antes de esos garbanzos con su buena morcilla porque servidora creía tener el orgullo bien sujeto a las enaguas hasta que se me desfajó por las ingles y, pese a que intenté contenerlo a la altura de los tobillos, se me despanzurró contra las junturas de las baldosas. Una vez. Dos veces. Quizá tres.

Precisamente, a dos palmos del señor embajador.

Lo confieso. Estando en agosto, París mayeaba cuando había atosigado yo nuevamente a don Fernando para que en los Madriles se repensaran muy mucho lo de ponerme de regente. Alfonso estaba muerto. Eso no tenía arreglo. Lo que sí lo tenía era que doña Isabel II de Borbón estaba requeteviva fuera de España.

Y del «ni pensarlo» de entonces del melindres de don Antonio Cánovas habíamos pasado al «que venga, qué cruz» del mismo señor. Si Isabelona entendía, claro está, cuál era su sitio. En los Madriles. Y en París.

—El gobierno no estima convenientes ciertas amistades de usted, señora —acababa de endiñarme don Fernando.

Los ciertos protegidos que había de quitarme de en medio para que empezara siquiera «el gobierno» a pensar en dejarme visitar El Escorial, el nichote al que irían mis huesos, eran una lista de veinticinco nombres entre los que estaba Ramirito de la Puente, mi secretario personal.

El primero de aquel listorro, François Raveneau.

—Quizá hayamos errado todos; acertemos todos de hoy en adelante —dije.

León y Castillo pareció añusgarse con un rábano.

—La hija de mi padre, el rey, lo dijo una vez en las Cortes Constituyentes, delante de los señores diputados.

«No verraquees ante ellos», me había ordenado la que fuera regente. Reina gobernadora. Pero a mí los nervios me dieron con llantina y dejé el maderamen como las aguas de herrumbres del río Sena, ahora que un tal Eiffel andaba construyendo una torre enormísima en la que iban a ir elevadores y tomavistas.

Por blandengue, me cayó una revolución encima, claro.

—En París no tiene usted nada que la sujete.

Me lo escanció don Fernando como sólo sabrían hacerlo unos bigotes y una barba anudados en lazo, intentando ocultar los pellejos del chorizo por entre los dientes.

—Menos me van a quitar —dije.

Los lentes se le estrujaron en el entrecejo. Se me hacía a mí que a los postres no se quedaba. Mejor, a más iba a tocar yo.

—El gobierno…

—Apañados estamos con el gobierno. Di mejor Cánovas. Me tiene más miedo ahora que cuando decía que Isabelona era una frescachona y su marido un chuchurrido.

El embajador de don Antonio tosió con tal brío que me alcanzaron en las cejas los proyectiles de dos garbanzos. Y eso que se le tenía por buen negociante.

—De manera que dile de mi parte que mi casa es el único reino que me queda. Y es un reino del cual no pienso abdicar.

Ambos aguantamos en silencio los cafeses y las *crêpes au beurre* de naranja, que hice servir en la misma mesa para que el cambio de estancia no nos diera motivos de nueva conversación.

Para la hora del puro el prenda de León y Castillo amagó una tosecilla, la del fumador que o fuma o estira la pata.

—Malvavisco —dije.

Don Fernando, aun no siendo dramaturgo como el marqués de Molins, era igual de teatrero. Se echó hacia atrás en la silla al tiempo que se aprendía de memorieta la hora de su reloj. Los oros del alfiler se desprendieron de la cadena. Alineados en perfecta simetría, los seis botones del chaleco se antojaban a punto de estallar.

—Para la tos de los catarros.

Él, punto en boca. Se me hace que, sin mirarme, debió de meterse la mano derecha en el bolsillo de la pantalonera, una vez me viese en pie. Se decía que guardaba en él un secreto; aunque, observándole de cerca la entrepierna, no era probable que pudiera guardar allí un gran asunto de misterio. A lo sumo un secretillo de andar por casa.

—Hay un expediente —dijo ya con el humo de su cigarro rebañándole la frente.

Y no sé si me reí con tres o con cuatro jajás.

—Te diré si es auténtico: ¿cuántos carlistas asoman la jeta?

Con un gesto velocísimo, el señor embajador cazó una mosca con su manaza diestra.

—Quince pliegos —dijo.

Y, luego de dejar sujeto el cigarro entre los labios, espachurró el insecto con las palmas bien juntas.

—Muchos pliegos son ésos para mí sola —dije.

—No, si están ilustrados.

Cánovas, que nació muy pronto y murió muy tarde, tenía que saber por fuerza que doña Isabel II de España, en su momento, había apoquinado lo suyo por un cartapacio de la Prefectura de París, cosido a dos pliegos, donde aparecía la lista toda de sus amantes.

Se veía que el de ahora era siete veces más gordo e incorporaba, a más, fotografías.

—Haberlo dicho antes, rufián. Les hubiera endilgado su buena dedicatoria a los tales retratos.

—Señora, lo hizo.

Y algo en su modo de dejármelo caer me recuerda primero a un civet de liebre. Después, a un asado de ternera con
guarnición de alubias blancas, quesos de oveja caseros y peras
al vino.

—Dos mujeres, en cueros, con las sonrisas muy juntas.

Y es decirlo él y abrir doña Isabel II postigos y ventanas
para que se me lleve una corriente de aire. La última que des-
corro, aquella en la que un tordo con mala pata chocó contra
el cristal del desayuno. Su pájara de arrejuntamiento siguió
picoteando por él, día tras día. Sobre las tejas, el sonido de su
pena es el de la loza escacharrada.

—Una cosa es, señora, que el pueblo chismorree de oídas y
otra muy distinta verlo con sus propios ojos.

—¿Con sus ojos o con los de los diarios?

La cabra había salido a pastar, pero regresaba ahora traída
por los cuernos. Aun así, me tiré otra vez al monte, aunque
sólo fuera para rastrillar la hojarasca con mi hocico.

—Cuando uno permite que crezcan malas hierbas entre
las piedras de su terraza… —dijo.

Y se me antojó la mar de descompuesta la raya de la calva
de León y Castillo.

—Yo misma soy un canto rodado: en estando seca, pierdo
el color.

—No parece entender la gravedad del asunto.

Entiendo. Vaya si entiendo. Me han enseñado el código de
las equivocaciones. No obstante, no soy tan lerda como para
no comprender que el beato señor presidente de los ministe-
riales me ofrece su ayuda para remendarme. Y si no acato el
disfraz, me estampa, con malos decires, en las páginas conser-
vadoras del periódico La Época, que bebe los vientos por don
Antonio Cánovas del Castillo.

—Doña María Cristina, la reina regente…

Se ve que va a decir una calentura patriotiquera de buen español, pero es escuchar lo de regente y más antes lo de reina y darme los siete males.

—Valiente rancia es doña Virtudes —le corto con las sangres en llama, antes de que se agencie cuarto y comida a mi costa.

Mientras, me saco brillo a los puños.

—Una santa, señora.

—Eso, ni zorroncio ni cosa que lo valga: una santa, que no reina.

Me quedo un rato largo con la santísima erre en las tripas, hasta que se me encasqueta en la boca del estómago.

—De la misma manera que ésta es reina, sin ser santa.

Y me golpeo con las yemas de los dedos diestros en el que fuera un escote bullanguero. Durante unos instantes mis pechugas se mueven como flanes que abandonaran el molde.

Por si no me hace de soberana, le muestro uno de los tarjetones que lucen en una bandeja bruñida en lustrosas platerías. Luego leo con voz desgañitada de cómica los letrajos que enmarca la corona de mis dominios todos:

Reine Isabelle II d'Espagne

Si no me hubiera mirado como me miró, no lo habría dicho. Mas lo hizo, el zote me miró como si anduviera mi cabeza en tontunas, así que le dije:

—Señor embajador, salúdeme a su señora esposa luego de que tenga usted una buena tarde en el bosque de Boulogne.

Y es que, en París, en el diecinueve de la avenida Kléber, a seis casonas del puñetero Arco del Triunfo, me he levantado una realeza mía, que no me viene de padre. Me viene de mí.

Lo que no quita que, viva, yo no regrese nunca más a España.

34

No fue en la habitación de costumbre del Hôtel Regina, ni en su piso de la plaza de la Ópera, frente al Café de la Paix, ni siquiera en su *château* Des Tertres, en el valle del Loira. Fue en una casita de verano, desde cuyas ventanas traseras podían verse las colinas de Le Havre, donde madame Lagrange y yo compartimos a monsieur Raveneau.

—Decepcionante.

Fue lo que dijo Ana cuando vio por vez primera el porche de hierro, que daba a un jardín en el que sólo cabían cuatro árboles.

—Demasiado francesa.

Remataría luego, al comprobar que la habitación a la que nos dirigíamos contaba con un aparador, dos sillas, un armario y dos camitas unidas. A lo ancho no cogería un recién nacido. Frente a ellas, un espejo de pie, que romperíamos a la noche.

—Siete años de mala suerte —diría entonces François.

—La mía se torció hace más tiempo —recalcaría yo, sin saber que la mala suerte puede ir todavía a peor.

El piso era de madera pulida, casi del color de las paredes exteriores de la casa, que, en esa época del otoño, se volvían rojizas. Con las hiedras moribundas. François decía que entre los cuatro árboles amarillos del jardín dormitaban a veces corzos. Y si yo hubiera sido corzo, también habría ido a amodorrarme allí.

Un día vinieron los acreedores y ya no volvimos más. Ni nosotros ni los corzos, me da a mí.

Desde entonces François parecía anisar con carbón de cisco sus *expériences* amatorias. Antes tenía propiedades y *expériences*. Luego sólo tuvo estas últimas. A doña Isabel II le sobraba con ellas, a qué negarlo. No obstante, Ana quería ambas cosas.

—No sé lo que es estar con un hombre sin un franco en el bolsillo —me dijo.

Yo, en cambio, no sabía lo que era estar con un hombre al que no se le antojaran mis reales.

Fue ese mediodía del principio, si mal no recuerdo, de comiloneo en la propia cocina, cuando madame Lagrange se emperró en que François nos sacara varios retratos.

—Muy juntas —pidió batiendo palmas.

Agarré unos caramelos la mar de saladetes y me los metí adentro de la boca, rebujados.

—Éste será el siglo del vapor y de la fotografía —dijo Ana, al tiempo que me zangoloteaba una servilleta por los labios.

Me quité el dogal de sus buenas formas de un manotazo con la sesera metida en que éste era el siglo en que doña Isabel II de Borbón y Borbón había sido reina de España, y había dejado de serlo. Y el apelotonamiento de ideas, como aceitunas sin hueso, me dio tales hambres que me dispuse a tirarme a por los caramelos *noisettes*.

—Prueba estos *calissounets* de la Provenza —me dijo la soprano.

Y se me hizo que iba a chuperretearlos por mí con su propia lengua. La misma que tan pronto me ofrecía dulzainas como me mareaba con que había de menearme y pasear mucho a fin de que me desembarazara de mis carnes en exceso.

—No comas ni magro ni gordura; tampoco pan, legumbres harinosas, caldos y leche. Ni hagas más de dos comidas al día.

—En salvándose los chocolates…

—Ni olerlos. Cuando se te embarquen las flaquezas, precipítate sobre unas pastillas aromatizadas para escupir de seguido.

A mí me inspiraba un gran disgusto lo de tener que escupir, pero mayor era aún el disgusto de verme entripado el cuello con un corbatín de sal, noche tras noche, para que se me desengruesara lo menos pulgada y media.

Gracias a Dios, en esos azogues, acercó monsieur Raveneau a la mesa una crema de chantillí que acababa de azucarar y batir él mismo. Venía acompañada de peras al vino. Y, entre la disputa de voluntades, bebí primero de su coñac Rémy Martin. Luego probé su crema y la volví a probar, y me arrellané más coñac y más crema y más coñac, hasta que dejé copas y tazones más transparentes que el divino Espíritu Santo.

—Hay que tener mucho olfato para el coñac —le dije al francés.

Y lo miré a los ojos, y luego a la cintura, y luego allí donde guardaba él otras natas y otros licores. Mas él cuando estaba Ana parecía tener miramientos sólo para la cantante de la Flore de l'Opéra, aunque el civet de liebre, el asado de ternera con guarnición de alubias blancas y los quesos de cabra caseros que nos habíamos endilgado antes fueran para las dos. De dulce, barruntaba que me aguardaban a mí las peras y el chantillí. A Ana, François.

Me percaté entonces de que el de Jarnac se había dado la vuelta chirleando no sé qué de cámaras retratistas, encuadres y lucerías.

—Ah, la luz —dije—. Que se lo digan a ese minga pinceles de Winterhalter.

La Lagrange me dijo:

—No bebas más, que te descarrías.

Y me preñó la boca con tres bombones de los gordos, de esos de chocolate color beige rellenos de naranja, mientras me guiñaba el ojo izquierdo. Creo que fue ahí cuando pensé en el color beige de los bajos de François.

—Eres un franchute de La Sagon.

Se lo digo y no sé por qué lo digo, como si fuera un asunto la mar de importante, con mis sienes propinando golpecitos a la ventolera que entra por los cristales y la palma de mi mano izquierda hacia él.

—Hueles a lirio de Florencia en polvo.

Sí, también se lo digo.

—No, a Sevilla.

Sí, le digo a un franchute que tiene las cualidades de un marido en un amante. Al verlo con un aparato que me recuerda a aquel de mi Emmeline para visionar cristales estereoscópicos. Las vistas de las tarjetas parecían diferentes si se miraban al trasluz.

La orilla de Triana. Sólo el río. Luego un barco que la cruza como una sombra. Rosa y blanca.

—Es la luz la que lo transforma todo —dirá mi inglesa.

Y me entregará una cajita en gutapercha, cuyo interior guarda el retrato de dos mujeres que ríen. Ninguna de ellas parece una reina.

Pero lo es.

—Isabelle, se acabaron los lienzos —me dice François.

Su verga vale mil sueldos, y la tengo a la altura de mis colmillos. Sin embargo, paro mientes otra vez en lo que me dijo el gandumbas de Franz Winterhalter, y en ciento y la madre de los álbumes con tomas fotográficas que llegaron a hacerme, entre Madrid, Zaragoza, Palma de Mallorca y Barcelona, Laurent, Clifford o Martínez de Hebert. A fin de que se troncharan a mi costa los aristócratas y altos cargos de la corte.

De reina, en cada viaje mío, me convertían lo menos veinte veces en un negativo de papel encerado para regalo.

—El vestido es azul; que me lo pinten.

Le digo en una ocasión a uno de estos señores artistas, no
recuerdo cuál, cuando me veo toda yo parda.

—Las fotografías no se colorean, señora —me hace saber el
tal mangante.

—Las mías sí.

De tal manera que me lo iluminan a la acuarela.

—Con toques al óleo —dice Paquito.

Se ve que los óleos son lo mío. Con ellos enmejoran mis
carnes de mujerona entrada en gorduras. Es un retrato de
cuerpo entero, con un vestido de muaré y diadema de lises.
Del brazalete de mi mano derecha cuelga Paco.

Se lo regalé a ese compositor, a Rossini, con una dedicatoria:

Isabel II con una presencia masculina

Entonces retorno a los fogones de una casa de campo, con
contraventanas verdes que miran a Le Havre. Y me doy cuenta de que me he trincado la botella de coñac yo solita, y media
más de vino de pitarra que sigo haciéndome traer de Cáceres,
una de mis muchas provincias. Se mire por donde se mire, no
parecen entrarme más caramelos y más chocolates en el sobrevestido azulón con remate de encajes y chantillíes.

Me dirijo al encamamiento vestida de reina española y
castiza, pese a que lo que me rechiflaría verdaderamente es
hacer pis en el campo. Andar con las pechugas desropadas.
No obstante, llegada es la hora de que el amante entrevea que
hay lo que hubo. Porque haber tenido es también una manera
de tener.

Yo tuve.

—Garbosa —me dice François.

Antes de que separe su miembro de La Sagon de mi dentadura.

—Monumental —replica Ana.

Y casi me tiro por los suelos a ver si la pesco, al verla alejarse escaleras arriba. Tras ella, mi François. Con los pantalones largos de la ropa interior. El pecho, descubierto. Como han de llevarlo los hombres que no van a rebujarse en bodorrios.

Madame Lagrange echa una de esas carcajadas de sus mejores noches. Y, en el último escalón, vuelta hacia el aplauso, exclama:

—¡Una vez quisieron hacerme una foto-escultura, con una corona de laurel!

Madame Lagrange ya no es madame Lagrange. Es demoiselle Anne Caroline Lagrange. Una jovenzuela, con *lys rose* entre sus cabellos y los pezones tiesos y húmedos de las terneras novísimas.

—Ya no me remedian ni las plantas saludables del licor *française* —digo patitiesa.

Y veo cómo ella me lanza desde lo alto sus faldas bajeras, de rayas verticales rosas y blancas. Ella, que compra los tafetanes en la boutique de la Samaritaine y dice que se viste en Worth. Ella, de quien se murmura que debe un año de alquiler. Ella, que jamás, jamás, volverá a ser la *prima donna* que desquició a Verdi, sólo piensa en posar para mi François.

—Apresúrate, Isabel —me reclamará desde el piso de arriba.

Ella, que busca alumnos para sus clases de canto en el vestíbulo del Théâtre des Variétés, del bulevar Montmartre, toma luego *soupe à l'oignon gratinée* y bebe gran vino de borgoña, enfrente mismo, en el Café Le Brebant. Que esta de aquí sepa, nunca ha pedido la cuenta.

—¿Estás ya *découverte*? —inquiere.

No, no estoy *découverte*. Todavía sentada comienzo a abajarme los chantillíes y el sobrevestido azul. Los dedos se me enredan entre los encajes.

—Prepare su artilugio, monsieur —le dice a mi hombre.

En tanto termino de desvestirme, él ha de estar comprobando los fuelles, también las lentes; arrellanando su trípode de madera con remates de metal.

—Watson and Sons —digo.

Lo he leído en la placa delantera del aparato, bajo los cristales que nos retratarán en sepia. A una merluzona parda, servidora. Y a una truchita recién llegada al agua. En ambas galopa la crisis, pero una de las dos se cuece al baño María mientras que a la otra parecen haberle venido los menstruos por vez primera. Y es que, al levantarme, los pies descalzos, me han vuelto los bochornos.

Muertos los nenúfares, se me hace que en el jardín las rosas que quedan se sorprenden con el experimento de estar vivas.

—Hasta que llegue una gran tormenta —digo—, y se acabe para ellas la *expérience*.

No es cosa extraña que fuera ese preciso instante el que eligieran unos pocos cuervos para acechar un nido de golondrinas.

35

No se estira la pata por pensar en la muerte. Se estira cuando el tren número 56, procedente de Grandville, no logra detenerse y atraviesa el muro de la estación de Montparnasse.

El 22 de octubre de 1895 el tal convoy quebró los topes de la vía y recorrió casi una veintena de metros antes de caer sobre el empedrado de la plaza de Rennes. Eran las cuatro de la tarde. Y, en la creencia de que en las Francias los trenes no se trizan, monsieur Raveneau permaneció repantingado en su asiento. Antes siquiera de percatarse de que lo que era un vagón de primera había dejado de serlo.

François seguiría siendo François, unos cuatro días más, astillado el torso. Con pierna y media de menos.

Con Ana presente, fueron tales nuevas las que me refirió mi médico, el doctor Dieulafoy, que enseñaba a matasanear en el Hôtel-Dieu, adonde habían trasladado a mi francés. Era el hospital de la *Île de la Cité*, a las puertas de la catedral de Notre-Dame.

—Hemorragia intestinal —dijo.

Como si lo demás fuese poca cosa. Y se mordió cuarto y mitad del labio bajero.

—Morirse es imperdonable —dijo madame Lagrange.

Estuve cierta de que lo amaba; de que, en este *ménage à trois*, yo era el *trois*. La que estorba.

Como Ana se negara a acompañarme, fui sola a visitarlo.

—¿Las has olido? —me preguntó François al verme.

Y me pareció que, en vez de hablar, silbara.

—¿A quiénes?

—A esas mujeres que se acercan a las vidrieras de Notre-Dame para parecerles más bellas a los hombres, ante Dios.

Sospecho que le importaba menos morir que vivir ayuno de afectos.

—Abre la ventana —dijo—. Hasta aquí llegan la leche de rosas y el aceite de almendras amargas.

Sería inútil decir que doña Isabel no precisó oportuno advertirle que la de la leche de rosas era ella. Asimismo, llevaba un mucho de agua de Atenas para las arrugas.

—No tienen medida.

Lo dije ya sentada en una silla de enea, de una por una pulgada en cuadro. De resultas de ello, la mitad de mis carnes quedaba en un cuelgue. Si mal no recuerdo, fue entonces, sujetas mis anchuras con una de las lindes del camastro, cuando François reparó en mis ropas.

Me había quitado la peluquita rubia de los últimos meses. Por lo cual mi cabello blanquísimo se cubría, casi por completo, con una toca negra. El bastón y el vestido, cerrado a la caja, también eran oscuros.

—¿Estás de luto por Madrid?

Riéndome, posé mi mano diestra sobre sus mandíbulas de fiera. Por las que antaño resbalaran amores, lo hacían ahora sangres y ungüentos.

—Dejaste de llevarlo encima —dijo.

Y yo paré mientes en las postrimerías de nuestro primer encame. Ajumada porque me cascase que los españoles vivíamos en París con el desgano de no poder hacerlo en España, le escupí:

—Llevo a mis Madriles puestos.

Y, a toda prisa, comencé a ajustarme la blusa de organdí, sin abotonar; encima, la chaquetilla de color berenjena pálido, con urdimbre de seda y trama de hilo. Y a bregar con los volúmenes de mis faldas de muselina almidonada. Monsieur Raveneau me quitó las tales prendas con muy pocos miramientos. Con ese arrojo cerril de quien se sabe un hombre dado a victorias.

Como no podía ser menos, doña Isabel II le atizaría, entonces, un guantazo de chulapona guapa.

Mientras me crujía con sus antebrazos, me dijo:

—Estas lluvias pasarán.

—Y llegarán otras —dije.

Con tal de que entendiera que, en no queriendo, me estaba dejando hacer. Pero quería. Mis pieles enteras querían lo que no querían querer.

—Tu apostura es mejor contemplarla con gemelos —dije volviéndole el rostro.

Los botones de la chaquetilla bajo la planta de mis pies. Lo que a mí se me hacían odios eran ganas de tomar con él baños a pares.

—Lleva mi nombre un puente en Sevilla.

—Y coplas con muy mala intención —dijo.

Y quise echarlo de mis adentros. Sin embargo, he preferido siempre una guerra sin cuartel a mil armisticios. Me daba a mí que François era un soldado donde tenía que serlo. Gozaba en la batalla a lo brigadier. Como lo haría un ejecutor de maniobras, con mando en plaza.

—Contigo me abismo —finiquité, loca.

Sabedora de que si alguien tenía todas las de perder entre esas sábanas de seda carmesí del Hôtel Regina, abiertas a los jardines de las Tullerías, era yo.

Aun así, quise quedar sobre él de palabra, que no de obra:

—El día que mueras me acostaré vestida para recibir, de terciopelo y blonda azulones.

Y es decirlo doña Isabel II de Borbón y gozarme un francés como si fuera español. Sólo por llevar la contraria.

—No es el Hôtel Regina —dice ahora mi François, en su camita desmochada de hospital.

Abetunados sus ojazos.

Su recuerdo, digo yo, en esa primera vez nuestra tantos años atrás. Y no pudiendo a estas alturas darme más, me da la nuca.

Barrunto que es ahí cuando se me hace que el silbido de su voz saltara del lecho y se largase al patio blanco de este hospital de París, donde crecen tulipanes y narcisos. Con la mano izquierda estirada hacia arriba en lo que puede, mi hombre señala luego un «rompan filas» en esa galería A donde me ha dicho Ana que dejan a quienes están para pocas. A pique de cerrar el ojo.

—Isabelle, te he mandado llamar para hablarte —me dice entonces sin mirarme, manso el cuello.

—Ya no importa —digo—. Ahora juego a solitarios.

—Tú, que de nada entendías, entiendes de todo.

Entiendo. Lo entendí a él desde el principio; hizo lo que se le mandaba. Ni más ni menos. En apuros, haberle pedido los cuartos a una amante hubiera sido de muy mal gusto. Y para François, un francés de La Sagon, el buen gusto lo era todo.

Si viviera nuevamente, monsieur Raveneau nacería en mis Madriles y sería un general más bonito que un San Luis.

—El del expediente fue Sagasta. Un emisario suyo me encargó hacerte las fotografías —dice.

Y yo no digo ni esta boca es mía.

—A Cánovas le vinieron dadas.

Entonces sí digo:

—Siempre hubo facciones en España: la misma cara de idéntica perra gorda.

Entretanto me atravieso una horquilla en la sien izquierda. Mi francés respira ahora con las narinas húmedas de un ternero joven que estuviera a un tris de descercarse.

—Márchate en paz, Isabelle. No te quedan enemigos.

De vez en cuando, también la reina de España hace lo que se le dice. De manera que me marcho. A la Mère de Famille, la dulcería de los Grandes Bulevares, donde acostumbran a tener a mi nombre dos cajitas diarias de pastillas *fondantes* de Lyon. De chuparse los dedos.

Cuatrocientos reales en las faldriqueras. Muertos unos, y otros en las últimas. Aquellos que me quisieron bien y aquellos que me quisieron mal. Muertos, o a ésta de estarlo, asimismo, quienes no me quisieron ni mucho ni poco.

Le mando al cochero que regrese a palacio. Doña Isabel II se dispone a andar un rato grande. ¿Hasta dónde? Quién puede saberlo. Más tarde hará detener un *taximètre* de la Compañía General. El postillón mira a las alturas, a esos cielos anublados de tormentonera gorda. Luego eleva los hombros para dejarlos caer enseguida y emprende la marcha con las riendas medio sueltas.

Antes de perderlas de vista, se me antoja que mis dos cabalgaduras boquearan de sueño.

—Cuando no hay glorias que cantar, se inventan.

Lo digo con las primeras gotas de uno de esos aguacerones lelos, de París. A un lado, la muerte del Hôtel-Dieu. Al otro, el río. Si no peco de teatrera, es en la rue Saint-Jacques cuando comienzan a resbalarme los bajos de mi bastón sobre la lluvia de los adoquines. A mi diestra la torre de Santiago, más sola que la una, parece hacerme señas de que prosiga mi camino.

Soy como sus santones, sus gárgolas o sus campanas. Todo se ha incendiado a mi alrededor.

Pero yo sigo en pie.

Epílogo

He construido mi mundo, y es un mundo mucho mejor de lo que he visto nunca por ahí fuera.

LOUISE NEVELSON

De muerta, me he vuelto una viajera entusiasta.

He dejado el purgatorio con los ojos cerrados. A mí tantísimas pesadumbres me escacharraban el descanso. Y me he venido a Madrid, que es un cielo con verbenas. Verdad es, a qué negarlo, que mis carnes se las han llevado a enterrármelas en El Escorial. Con el hábito de San Francisco. No obstante, el espíritu —que es lo que cuenta— lo tengo de bailes.

A más, confieso que, antes de quedarme tiesa, fui previsora por una vez en la vida. Así pues tuve tino al hacerme con un buen puñado de fotografías de lugares la mar de rebonitos, a la par que lejanos. Roma. Singapur. Pekín. Panamá. Constantinopla. Perú. Rusia. O *London*.

Sólo a la noche abro una cajita en gutapercha y saco de ella retratos de camellos que beben de una charca, en Aleppo; de palmerones quietos como soles o de piedras que arden en Beirut. También de una mujer cuya dentadura ríe más allá del papel de albúmina. En Jerusalén.

Luego los meto bajo mis almohadones. En línea, de uno en uno.

Con ellos, duermo en Tierra Santa.

Agradecimientos

A lo largo de la escritura y corrección de esta novela he perdido la cabeza innumerables veces, como la reina doña Isabel. Y, al igual que ella, he debido entrar yo en el Laberinto a buscar mis ojos, mi nariz. Mi cabello. Me dio la mano en esta búsqueda mi querida Eva Acosta, quien leyó cada línea del texto a medida que iba surgiendo de mi cabeza por encontrar. Ella fue la que me alentó a serle fiel a esa voz narrativa hasta el final. Sin achiques. Sin su entrega desinteresada este libro no hubiera sido posible. Gracias, amiga mía.

Gracias también a mi buen amigo Antonio Cuadri, que abandonó dos torres de guiones por leer para beberse *El diablo en el cuerpo*. Y que, con su abrazo, me dijo: «¡Sensacional! Qué personajes, qué voz. Qué ritmo. Aunque eres consciente de que tienes un chinazo bien dado en la cabeza, ¿verdad?». Verdad es; a qué negarlo. Gracias, como no, a Francisco Gallardo y Antonio Real, cuya amistad cuidó de esa pedrada mía en la frente para que la autora no volviera en sí hasta haber escrito el punto final. Y a Mari Cruz López; por fin ha logrado que escriba novelas.

Gracias infinitas al entusiasmo de mis editores: Ana Liarás, David Trías y Emilia Lope, que en una conversación telefónica me habló de mi novela como si la hubiera escrito ella misma. Te di el sí quiero al instante, ¿recuerdas? Pues recuerdo

269

yo, te digo: gracias. Aún más porque los tres comprendisteis que mi diablo no venía solo, venía con un bebé bajo el brazo.

Y gracias mil a mi amiga Mamen de Zulueta, que me obligó a enviar el manuscrito a Penguin Random House. «O lo haces tú o lo hago yo». Ay, Mamen, qué tozudez, qué confianza en esta autora cuya cabeza rodaba por el suelo a la espera de que alguien, tú, se la devolviera al cuerpo de un puntapié. También a mi amiga Pilar Álvarez, editora de Turner, por tantas cosas. Por las risas, por los me encanta, por los publícala, hazme caso. Ay, Señor Jesús, por qué me echo amigas tan obcecadas y con tan poca estima por el desorden de mis nervios.

A Elena Ramírez, de Seix Barral; no olvido el entusiasmo y la entrega.

Gracias mil a los empleados del palacio de Aranjuez que condujeron a esta escritora por los corredores y las recámaras de la vida de doña Isabel. Y, por sobre todo, mi agradecimiento eterno a Antonio González, director gerente del restaurante Botín, y a su eficiente jefe de sala, Luis Vicente Martínez. Asimismo, a Lhardy.

A José Luis, a Ruth y a Lucas, por todo lo que no se puede decir con palabras. A mi hermana y a su hija, Andrea, mi monárquica marisabidilla. Y, muy en especial, a mi madre, que lo dejó todo para mimarme y para mimar a mis hijos el verano de la corrección de mi reina. Mamá, un millón de gracias. Ya ves, no me dio por hacer algo de provecho. Me dio por perder la cabeza.